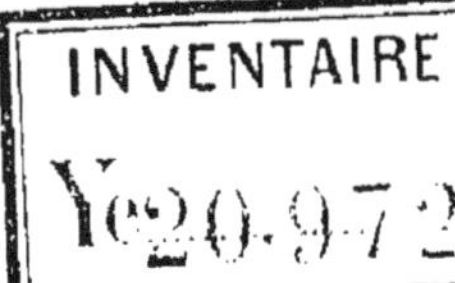

TRIGAUDIN

OU

LE PROCÈS DES ANIMAUX,

MIS EN VERS,

ET AUTRES POÉSIES,

PAR

M. DUVAU DE CHAVAGNE.

ANGERS,

A. MAME, IMPRIMEUR DU ROI.

1822.

TRIGAUDIN

OU

LE PROCÈS DES ANIMAUX.

TRIGAUDIN

OU

LE PROCÈS DES ANIMAUX,

MIS EN VERS,

ET AUTRES POÉSIES,

PAR

M. DUVAU DE CHAVAGNE.

ANGERS,

A. MAME, IMPRIMEUR DU ROI,

1822.

A Madame

Sapinaud de Boishuguet,

Mon Ayeule.

Hélas ! ce n'est donc plus qu'à tes cendres éteintes
Que je puis consacrer ces fruits de mes travaux !
Du destin qui sur moi versa toujours les maux
Ils charmaient autrefois les cruelles atteintes ;
Maintenant rien ne peut soulager mes regrets ;
Mon bonheur avec toi s'éclipse pour jamais.
Hélas ! depuis l'instant que je vis la lumière,
T'occuper de mes jours, ce fut ta vie entière ;

Mon trépas, je le sais, aurait causé ta mort.
Moi ! plus infortuné, je traine encor mon sort.
Sur des prestiges vains notre bonheur se fonde ;
Mais le tems, la douleur désenchantent le monde ;
Et malheur au mortel pour qui trop de revers
De toute illusion dépouillent l'univers !
Comme il est sans désir, il est sans espérance ;
Et supporte à regret le poids de l'existence.
O toi qu'en sa rigueur m'arrache le trépas,
Toi qui fixes le deuil pour toujours sur mes pas,
Puisses-tu contempler de la voûte céleste
Qu'un chagrin sans remède est tout ce qui me reste ;
Et lire dans mon cœur de ta perte navré,
Qu'à chérir ta mémoire à jamais consacré,
Sans cesse il redira, dans sa douleur amère :
Ma mère, ô ma tendre mère !

TRIGAUDIN.

SURNOMS DES ANIMAUX
Qui paraissent le plus sur la scène.

Le Roi,	Le Lion.
La Reine,	La Lionne.
Agile,	La Guenon.
Beslin,	Le Bélier.
Copette,	La Poule.
Courtois,	Le Chien.
Croasson,	Le Corbeau.
Dominant,	Le Blaireau.
Glouton,	Le Loup.
Gozille,	Le Coq.
Grosbrun,	L'Ours,
Hermine,	Femelle du Renard.
Minaudier,	Le Singe.
Moustache,	Le Chat.
Musillard,	Le Lapin.
Parfumé,	Le Bouc,
Pomelé,	Le Léopard.
Rouget,	Le Lièvre.
Trigaudin,	Le Renard.

TRIGAUDIN,

OU

LE PROCÈS DES ANIMAUX.

Dans ce temps fabuleux qui suivit l'âge d'or;
Quand tous les animaux savaient priser encor
De la société l'avantage et les charmes;
Un illustre Lion, qui, pour ses hauts faits d'armes,
Fut le premier des Rois qu'on surnomma le Grand,
Paisible possesseur d'un état prospérant,
Voulut que ses sujets vinssent lui rendre hommage.
Nul moment ne pouvait convenir davantage.
On était au printemps; et les arbres fleuris
Mollement ombrageaient les gazons rajeunis.
Les animaux partout rencontraient l'abondance.
Aux ordres souverains chacun en diligence,
Prince, seigneur ou peuple, obéit à la fois;
Excepté Trigaudin, Renard le plus matois
Que de son sein fécond ait produit la nature.
Il présageait pour soi quelque mésaventure,
S'il venait à la cour affronter les arrêts,
Qu'il savait mériter, pour de nombreux forfaits.
Trop tôt l'événement justifia ses craintes.
Au Roi ses ennemis vinrent porter leurs plaintes.
  Dans le conseil d'état, avec ses quatre fils,
Dont la marche est tremblante et les yeux obscurcis,

Le Loup Glouton (ce loup, si l'on en croit l'histoire,
N'était pas des plus fins dont vive la mémoire.)
Le premier se présente et s'adressant au Roi :
Sire, de Trigaudin, lui dit-il, vengez-moi.
Après s'être, la nuit, glissé dans le repaire
De ces infortunés, restés seuls sans leur père,
Le traître lâchement leur a crevé les yeux.
Encor n'est-ce pas là, j'en atteste les dieux,
Le seul crime envers moi dont ce monstre est coupable.
Mais j'en ai dit assez, pour un prince équitable.
Le modèle des chiens, le fidèle Courtois,
Pour perdre Trigaudin, élève aussi la voix :
Il m'a souvent, dit-il, dérobé mon salaire,
Et presque fait périr de faim et de misère.
Moustache répartit : Sire, on n'en doute pas,
Je suis un chat d'honneur : eh bien, tous les repas,
Dont mon voisin Courtois regrette ici la perte,
Il me les avait pris lui-même à force ouverte ;
Il se plaint lorsqu'on doit l'accuser le premier.
Glouton, l'interrompant, ose alors s'écrier :
Sire, il n'est point de mots pour exprimer ses crimes.
Pour lui rien n'est sacré ; vos qualités sublimes
Ne l'empêcheraient pas de trahir sans façon
Et vous et votre état pour le moindre chapon.
Grand roi, lui pardonner ternirait votre gloire.

Qui ne cherche qu'à nuire est insensé de croire
Qu'il ne souffrira rien des maux qu'il a commis.
Il se fait chaque jour de nouveaux ennemis.

CHAPITRE II.

Le Blaireau Dominant, orateur plein d'adresse,
Parle pour Trigaudin, dont le sort l'intéresse :
« Sire, ils voudraient ici tromper votre équité.
Accuser un absent, c'est une lâcheté ;
Mais qu'ils triomphent moins, je saurai leur répondre,
Prouver leur calomnie, et tous deux les confondre.
Oui, quand à Trigaudin l'étroite parenté
Ne m'aurait pas uni d'un lien respecté,
Sans être son neveu, seule son innocence,
En ce jour, m'eût contraint à prendre sa défense.
Je répondrai d'abord à monseigneur Glouton ;
Sans doute que lui-même est doux comme un mouton,
Et sait des passions surmonter les amorces.
Mais ne songe-t-il plus qu'abusant de ses forces,
Cent fois il maltraita le pauvre Trigaudin,
Jusques à le conduire à deux doigts de sa fin ;
Qu'il guida ce fermier, qui, pour venger une oie,
Dont mon oncle avait fait sa légitime proie,
S'arma d'un fer cruel et vint fondre sur lui.

De quel droit s'emparer des alimens d'autrui,
Lorsqu'on est assuré d'obtenir sa pâture ?
Je dis donc à Courtois, sans crainte de murmure,
Qu'à bien l'examiner, son accusation
N'a pas même besoin de réfutation.

Car lui-même, oui lui seul mérite la potence ;
Et Trigaudin n'a fait que venger l'innocence.
Je vous ai répondu. Sire, pour Trigaudin,
Je ne dis plus qu'un mot : Si d'un fatal destin
Mon oncle quelque temps esclave involontaire,
Tomba dans des erreurs, (hélas, sur cette terre,
Quel mortel est parfait !) de son égarement
Je l'ai vu désolé. Peut-être en ce moment,
Las des travers du siècle, au fond d'un ermitage,
Il a fui, pour pleurer les torts de son jeune âge. »

A la mauvaise cause un défenseur adroit
Quelquefois sait donner les couleurs du bon droit.
Alors on voit flétrir la paisible innocence,
Et renvoyer absous l'artisan de l'offense.

CHAPITRE III.

A peine Dominant achevait son discours
Qu'un spectacle imprévu vint troubler dans son cours
L'effet qu'avait produit sa moeleuse éloquence.
Tous les yeux sont fixés sur un coq qui s'avance,
Poussant des cris plaintifs et noyé dans les pleurs :
L'on voit à ses côtés, (quel tableau de douleurs !)
Trois cochets sanglottant aussi fort que leur père.
Derrière eux apparaît un brancard funéraire,
Que d'un pas mesuré transportent tour-à-tour
Quatre poules en deuil, déjà sur le retour.

Là gisait étendue une jeune poulette.
« Telle vous la voyez que la mort nous l'a faite!
Sire, dit le vieux coq; embrassant vos genoux,
Contre son meurtrier je réclame de vous
La mort qui des forfaits doit être le salaire.
Des plus charmans enfans, hélas! j'étais le père,
Et goûtais avec eux le bonheur; quand soudain
Près de nous se fixa l'horrible Trigaudin.
J'en conçus peu de crainte; une haute muraille,
Des chiens très-vigilans, un bon toit à volaille,
Et surtout un essai, qu'il fit durant la nuit,
Essai dont il n'obtint que des coups pour tout fruit,
Me semblaient contre lui nous mettre en assurance,
Et fondaient de mon cœur la folle confiance.
Un jour qu'étant monté sur le sommet du mur,
J'examinais un champ de froment déjà mûr,
Tout à coup à mes yeux Trigaudin se présente.
A son premier aspect je criai d'épouvante;
Et j'allais, par la fuite, éviter sa noirceur,
Lorsque me rappelant, d'un air plein de douceur:
« Cher Gozille, dit-il, bannissez vos alarmes.
Tendrement je vous aime, et je verse des larmes
Voyant que loin des blés vous enchaîne l'effroi.
Mais parlez, je suis prêt à vous prouver ma foi.
Faut-il fuir de ces lieux?.. Soit. Dès cette journée,
J'irai si loin, si loin que, de toute l'année,
Vous ne me verrez plus. Quoi, ne savez-vous pas
Que notre souverain veut que dans ses états,

De nous tous l'amitié fasse un peuple de frères ;
Et qu'il punit de mort des fautes plus légères ?
Cependant je pourrais . . . ! Vous ne le croirez point »
Je me laisse convaincre, et vole sur ce point
Rejoindre ma famille et lui dire ma joie.
Son bonheur est au comble. A l'heure où se déploie,
Sur la voûte des cieux, l'incarnat du matin,
Dans le champ de froment je cours le lendemain,
Conduisant avec moi mes enfans et leur mère.
Hélas ! ce premier jour pour nous tous fut prospère,
Mais le soir du second je cherche un de mes fils,
Et long-temps, mais en vain, le rappelle à grands cris.
« Ne quittons plus l'enclos, ce malheur le réclame,
Disais-je ; » mais hélas ! aux larmes de sa femme,
Aux pleurs de ses enfans pourrait-on résister ?
Qu'un père est faible alors qu'il faut les contrister !
Chaque jour me coûtait une nouvelle perte,
Dont la cause à mes yeux restait toujours couverte.
Mais que je fus, hélas, tristement éclairci !
Castor, excellent chien, touché de mon souci,
En explorant du champ la route détournée,
Hier au ravisseur prit cette infortunée.
Telle est la trahison de l'affreux Trigaudin.
Reste de quinze enfans, dont m'orna le destin,
Avec moi ces trois fils vous demandent vengeance.

Ne vous confiez point en la vaine assurance
Qu'un ancien ennemi donne de son retour,
Jamais l'aversion ne se change en amour.

CHAPITRE IV.

Chacun des courtisans consultant l'œil du maître,
Témoigna son horreur d'un forfait aussi traitre.
A Dominant troublé l'illustre souverain
Dit : Quoi donc c'est ainsi que votre Trigaudin
Songe à se corriger ? Oui, j'en jure ma tête,
Sur lui cet attentat va fixer la tempête.
Mais observons la forme, et, fidèles aux lois,
Pour régler son procès, demain allons aux voix.
Je veux qu'en attendant, pour consoler Gozille,
On élève une tombe à Copette sa fille,
Et que, pendant deux mois, la cour porte son deuil.
De l'univers à peine avait reparu l'œil,
Qu'avec l'attention que mérite l'affaire
Le conseil assemblé murement délibère ;
Et l'unanimité prend la décision
Qu'il soit à Trigaudin porté sommation
D'avoir à comparoir sous trois jours, en personne,
Délai seul et dernier que le conseil lui donne,
Pour répliquer aux faits allégués contre lui.
Il ne restait donc plus qu'à désigner celui
Qui porterait l'exploit jusqu'à sa résidence.
Comme les courtisans présumaient bien d'avance
Qu'il paîrait d'un bon tour quiconque lui nuirait,
Ce n'était point d'entr'eux à qui l'assignerait.

Mais enfin l'ours Grosbrun, le doyen de sa race,
Se lève, et d'un accent où respire l'audace,
Sire, je sais, dit-il, quel est ce Trigaudin;
Mais je ne le crains pas. Si les lois du destin
Ne m'ont point en partage accordé la vîtesse,
Je leur dois la vigueur, l'esprit et la sagesse.
D'ailleurs, sans vanité, je dirai que mon goût
M'a conduit au savoir; que mon âge, et surtout
L'inestimable honneur et l'avantage unique
D'avoir en cette cour appris la politique
Me rendent le plus propre à vous faire obéir.
Je suis son oncle; il doit me craindre et me chérir.
Après tout, vous savez que, fît-il résistance,
Ma force vous répond de son obéissance.

Trop souvent, subjugués par notre fol orgueil,
Nous courons nous jeter sur un visible écueil.

CHAPITRE V.

L'ours chargé de l'exploit partit à l'heure même.
Il riait de bon cœur de la frayeur extrême
Qu'avaient les courtisans d'un chétif animal
Trop faible mille fois pour en craindre aucun mal.
Après avoir long-temps marché dans la campagne
Et gravi non sans peine une haute montagne,
Enfin il découvrit du haut de son sommet
Le bois qu'avec les siens Trigaudin habitait.

Il était haletant, épuisé de sa course,
Et son corps de sueur n'était plus qu'une source.
En frappant au portail du palais souterrain
Par trois fois il cria : paraissez, Trigaudin,
Et soyez informé que le Monarque ordonne
Que soudain devant lui vous veniez en personne.
A ce bruit le renard se réveille en sursaut,
Inquiet un instant, il se remet bientôt ;
Et jure dans son cœur que d'un digne salaire
Il récompensera ce discours téméraire.
Il ouvre ; en voyant l'ours d'abord fait l'étonné,
Puis tout à coup s'écrie : ô jour trop fortuné,
Vénérable Grosbrun, cher oncle, quelle joie,
Quel plaisir de vous voir, quoi c'est vous qu'on envoie!
Comment, aurait-on cru que jamais Trigaudin
Voudrait désobéir aux lois du Souverain ?
On ne me connaît guère! Au lieu d'un personnage
Qu'illustrent comme vous le rang et le courage,
Le plus faible animal, un rat, une souris
M'auraient non moins que vous au Roi trouvé soumis.
Mais que peut contre moi forger la calomnie ?
— Vous êtes, je l'avoue, en danger de la vie.
Un chacun vous accuse, un chacun contre vous
Sollicite un arrêt. — Maintenant leur courroux
M'étonne d'autant plus que plein de repentance,
Je pleure mes erreurs, et que, par pénitence,
Je m'abstiens de la chair, ne vis plus que de fruits,
De concombres, de choux par mon jardin produits,

Et plus souvent du miel. — Du miel ! votre ordinaire
N'est pas du tout mauvais, et de pareille chère
Je me contenterais, moi qui suis bien plus grand.
— Quoi vous aimez le miel? — Oui j'en suis très-friand :
Même je vous dirai que je brûle d'envie
D'en pouvoir quelque jour passer ma fantaisie.
Ah ciel, mon cher parent, combien je suis heureux !
Je puis vous satisfaire. Hier, dans un tronc creux,
J'ai découvert de miel une ruche abondante.
Il m'a semblé parfait, et si son goût vous tente,
Je vous y vais conduire, en allant à la cour ;
C'est sur notre chemin. Grosbrun avec amour
Embrasse son neveu ; plein de reconnaissance,
Il jure d'étayer près du Roi sa défense :
Impatient, il veut qu'on parte sur-le-champ ;
Mais l'autre le retint jusqu'au soleil couchant.

Quiconque aux passions a livré sa conduite
Dans les lacs qu'on lui tend toujours se précipite.

CHAPITRE VI.

Pour que l'ours soit porteur d'une plus grande faim,
Son cher neveu diffère, et ne se rend enfin
Que quand Grosbrun, cédant à son impatience,
L'accuse hautement de peu de complaisance.
Le renard avait vu, proche d'une maison,
Solitaire séjour d'un pauvre bucheron,

Une souche où des coins formaient une ouverture,
Et, sur cela, du miel fabriqué l'aventure.
Tout arriva bientôt comme il l'avait prévu :
Dès l'instant que Grosbrun a de loin aperçu
Le tronc tant désiré, bondissant vers la fente,
Il y fourre sa tête; et les essais qu'il tente
Pour entrer plus avant faisant partir les coins,
L'arbre en se refermant tient en ses flancs rejoints
Et sa tête et ses pieds pris comme dans un piége.
Et de plus, pour combler le malheur qui l'assiége,
Au bruit de ses efforts, à ses cris mugissans,
Le bûcheron accourt, suivi de ses enfans;
Tous ensemble sur l'ours frappant des coups sans nombre,
Allaient le dépêcher vers le royaume sombre;
Quand Grosbrun, forcené de crainte et de douleur,
Enfin se dégagea par un effort vainqueur :
Mais, en fuyant il laisse attachée à la fente
De ses membres meurtris la dépouille sanglante.
Aussitôt qu'il se voit en lieu de sûreté,
Il s'assied en pleurant les maux où l'a jeté
D'un indigne neveu la perfidie extrême.
Mais presque sur-le-champ il l'aperçoit lui-même,
Qui, d'un ton goguenard, lui lance ces propos :
Eh bien, dites-le moi, mon cher oncle, en deux mots,
Que vous semble du miel? Il n'en est à la ronde
Point d'autre dont le goût à celui-ci réponde.
Pourquoi quitter sitôt un mêt tant réclamé?
Ma foi! je vous croyais beaucoup plus affamé.

Mais, s'il vous prend du miel nouvelle fantaisie,
Vous reviendrez; la ruche en est encor remplie.
Sans doute vous allez retourner à la cour :
Moi j'ai plus d'une affaire à régler dans ce jour;
Je ne vous suivrai pas. Votre marche trop lente
Me paraîtrait d'ailleurs pénible et fatigante.
Adieu : mes complimens à tous nos bons amis.
— Monstre, lui dit Grosbrun, l'état où tu m'as mis
Te permet aux forfaits de joindre encor l'injure,
Mais ta mort vengera le tourment que j'endure.
Enfin clopin clopant l'ours arrive au palais,
Où tous les conseillers, instructeurs du procès,
Debout auprès du trône attendaient sa venue.
Et de sa mission l'on devina l'issue
A son aspect contrit, à son chef d'où le sang
Coulait à flots pressés et rougissait son flanc,
A ses pieds dépouillés, à sa marche inégale.
Quoi, l'on méprise ainsi la majesté royale,
S'écria le Monarque ; et d'un pareil affront
Je laisserais ternir l'éclat dont luit mon front !
Non, j'en jure le styx. De celui qui m'outrage
Le supplice effraîra nos neveux d'âge en âge;
Et toi, mon cher Grosbrun, soulage ta douleur,
En songeant que ton Roi veut être ton vengeur.

Sachez vaincre des sens la fougueuse puissance,
Ou n'espérez jamais connaître la prudence.

CHAPITRE VII.

Le Roi fit aussitôt prévenir son conseil
Que, lorsqu'à l'orient renaîtrait le soleil,
Il eût à s'assembler en toute diligence
Pour traiter un objet de très-haute importance.
D'abord le chancelier, magistrat assez fort,
Sur la cause et ses faits prononce son rapport,
Expose les griefs et notamment le crime
Dont envers son propre oncle, envoyé légitime,
Venait de se souiller l'odieux Trigaudin.
Deux avis partageaient le conseil incertain :
L'avis du léopard, du loup, de la panthère
Est qu'on aille à l'instant détruire son repaire :
D'autres, pour le renard mus de compassion,
Veulent qu'il lui soit fait encor sommation.
Cet avis l'emporta. Contre un tel personnage
La sagesse vaut mieux que le feu du courage :
On le sentit ; chacun, sous l'agrément du Roi,
Nomma le vieux Moustache à ce pénible emploi
C'était un chat fameux par sa rare éloquence,
Excellent diplomate et rempli de prudence.
De cette mission il ne fut point flatté.
Sire, dit-il, le choix de votre Majesté
M'est à fort grand honneur; mais je cède aux années,
Et ne saurais marcher durant plusieurs journées.

Au reste, devant vous je l'avoûrai sans fard,
Pour pouvoir réussir près d'un si fin renard,
Je ne sens point en moi le talent nécessaire;
Désignez, je vous prie, un meilleur émissaire.
Le chat par ces motifs ne put rien obtenir,
Et sans aucun retard fut contraint d'obéir.
Alors qu'il aperçut Malperdu; (c'est l'asile
Où maître Trigaudin fixait son domicile.)
Mollement étendu sur un gazon épais
Le renard méditait, en respirant le frais.
Dès qu'il a vu Moustache, il se lève de place,
Court à lui, bras dessus, bras dessous il l'embrasse:
Cher neveu, lui dit-il, quelle félicité!
Que de vous voir ici mon cœur est enchanté!
Mais quel heureux hasard en ces lieux vous amène?
Près de moi couchez-vous et reprenez haleine;
Vous êtes haletant et paraissez fort las.
Mon cher oncle, répond le plus sage des chats,
Je ne viens point ici guidé par ma tendresse,
Le Roi m'en a donné la mission expresse.
Vous avez à la cour des ennemis puissans;
Et pour vous diffamer l'ours cabale en tous sens.
Déjà plane sur vous l'odieux nom de traître.
De nouveau le conseil vous somme à comparaître,
Vous laissant le pouvoir de vous justifier;
Et pour vous en instruire a voulu m'employer,
Malgré tous mes refus, malgré ma répugnance.
Votre meilleur refuge est dans l'obéissance,

Elle vous gardera d'un châtiment cruel,
Et sauvera vos fils d'un opprobre éternel.
— Je vous sais gré, mon cher, d'avoir fait ce message,
Car toujours la raison dicte votre langage;
Mais Grosbrun me parlait avec tant de hauteur,
Que j'ai dû le punir d'insulter au malheur.
Je suis prêt à vous suivre. — Eh bien! à l'heure même,
Partons; on vous loûra de votre zèle extrême.
— Je n'y puis consentir, car vous êtes trop las;
Vous passerez ici la nuit entre deux draps.
Le renard ajouta : Mais ce qui me chagrine,
C'est que vous trouverez bien mauvaise cuisine.
Ma chasse est sans succès, depuis huit jours surtout;
Je n'ai plus que du miel chez moi pour tout ragoût;
Et vous ne l'aimez pas. — De peu je me contente;
Un rat, une souris est pour moi suffisante.
Mieux que je ne pensais nous vous régalerons;
Ce seul gibier partout fourmille aux environs.
Vous savez que le prendre est pour moi lettre-clôse;
Seul donc il vous faudra travailler à la chose;
Mais je peux vous mener dans un prochain logis,
Où vous rencontrerez force rats et souris.
Malgré les complimens dont il comble Moustache,
Malgré la parenté qui tous deux les attache,
Contre lui Trigaudin rêve la trahison.
En visitant un trou que, pour prendre un chapon,
Ses pieds ont pratiqué sous un mur de clôture,
Il a vu, certain piége, au sein de l'ouverture;

Et dans cet endroit même il conduit son neveu.
Dès qu'ils sont arrivés : Voici, dit-il, le lieu
Où je suis très-certain que la proie est commune.
Entrez-y ; vous aurez promptement fait fortune.
Moi-même en sentinelle ici je resterai,
Et, si quelqu'un survient, je vous avertirai.
J'entrerais le premier pour vous montrer la route ;
Mais je serais nuisible, et mettrais en déroute
Votre gibier encor plus craintif que petit.
Entrez ; je vous souhaite un très-bon appétit.
Le chat, jugeant l'endroit propre à faire curée,
S'élance brusquement dans cette obscure entrée.
Mais, saisi tout à coup par le milieu du corps,
Pour se débarrasser il fait de vains efforts ;
Et plus il se débat, plus l'affreuse machine
Dans son nœud resserré lui comprime l'échine.
Lors il entre en fureur, il s'écrie, et le bruit
Avertit le fermier, et vers lui le conduit.
Notre voleur est pris, cria-t-il à sa femme ;
Viens, viens que sous nos coups enfin il rende l'âme.
L'un saisit un bâton, l'autre un manche à balai ;
Et tous deux sur le chat frappent d'un bras zélé.
Du premier coup un œil est sorti de sa tête,
Du second s'est rompu le lacet qui l'arrête.
A Moustache, déjà demi-mort de douleur,
La soif de se venger rend toute sa vigueur ;
Il bondit, et ses dents déchirent la figure
Du malheureux auteur des tourmens qu'il endure.

e fermier de douleur en rugit, et trop tard
oit qu'il a pris un chat et non pas un renard.
loustache satisfait de sa juste vengeance,
ar dessous le portail s'échappe en diligence,
t., malgré sa blessure, a regagné les champs.
lais, bien que le renard eût fui depuis long-temps,
e vieux chat ne fut point la dupe de son crime.
uoi j'ai pu, disait-il, devenir sa victime,
evais-je me fier à son ton patelin !
ue va dire de moi la Cour, le Souverain,
n me voyant paraître en cet état horrible !
yant bandé sa plaie, au mieux qu'il fut possible,
se emit en marche, en maudissant le jour
ui l'avait vu fixer sa demeure à la Cour.

Pour guide gardez-vous de faire choix d'un traître ;
n'oubliez jamais que qui le fut peut l'être.

CHAPITRE VIII.

Aussitôt qu'à la Cour Moustache est arrivé,
anguissant de douleur et de honte abreuvé,
détaille au conseil, d'une voix larmoyante,
l'oncle qu'il maudit la trahison flagrante.
sulté de nouveau dans son ambassadeur,
e Roi lâche la bride à toute sa fureur.
veut qu'un régiment marche, en cette occurrence,
our punir du renard l'impardonnable offense.
ais Dominant, toujours fidèle à Trigaudin,

En ce moment encor prend sa défense en main :
« Oui, Sire, contre lui je vois les apparences,
Dit-il, et j'en conviens ; mais sur des vraisemblances
Jamais un Souverain ne doit juger quelqu'un :
Par excès de vîtesse errer est trop commun.
D'ailleurs on ne peut pas s'écarter de la forme ;
Et des Rois vos aïeux la conduite uniforme
Est que dans un tel cas, par respect pour les lois,
On fasse au prévenu sommation trois fois.
Il reste donc encore un exploit à remettre,
Et je vais m'en charger, si l'on veut le permettre.
Je sais bien que mon oncle est passablement vif,
Qu'il est même par fois un peu vindicatif;
Mais personne n'ignore et sa rare sagesse,
Et le respect profond que pour vous il professe.
Je promets qu'il viendra dès demain avec moi,
Sinon je l'abandonne aux rigueurs de la loi. »
Dès qu'il a suspendu le courroux qu'il redoute,
Dominant du conseil sort, et se met en route.
Il trouve à Malperdu, qu'il gagne en peu de temps,
Et son oncle et sa tante et leurs nombreux enfans,
Qui charmaient leurs loisirs par des tours de souplesse.
Etonné de le voir, notre renard s'empresse
De demander quels sont les desseins de la Cour.
— Le Monarque irrité voulait faire, en ce jour,
Marcher, sans nul délai, contre vous une armée ;
Lorsque mon amitié, justement alarmée,
A d'un dernier retard obtenu la faveur.
Mais, sans user encor d'une vaine lenteur,

Obéissez; en vain vous useriez d'adresse,
Vous n'éviteriez pas la fureur vengeresse,
Dont brûle contre vous un aussi puissant Roi.
Je vous conseille donc de partir avec moi.
Vous avez à la Cour plus d'un ami sincère,
Chacun d'eux emploîra son crédit, et j'espère
Que de ce mauvais pas nous saurons vous tirer.
ermine, à ce discours, se mettant à pleurer :
« Mon cher époux, dis-moi qui, durant ton absence,
Prendra soin de pourvoir à notre subsistance ?
Qui défendra nos jours ? Ah ne nous quitte pas !
Je crains les courtisans, et sais trop bien, hélas !
Que toujours d'un proscrit le visage importune,
Et qu'on n'a poiut d'amis au sein de l'infortune. »
Elle mêle à ces mots de longs embrassemens.
Trigaudin ébranlé par ses raisonnemens,
Dans des réflexions et profondes et sages,
Pèse des deux partis les divers avantages.
Bientôt il a choisi de se rendre à la Cour.

Après avoir vingt fois embrassé tour-à-tour
Et ses tendres enfans et son épouse Hermine,
Pressé par Dominant enfin il s'achemine.
En silence tous deux marchaient depuis long-temps
Lorsque notre renard le rompt en ces accens :
« Que je suis effrayé de mon extrême audace !
Ma conscience parle, et sa voix me menace.
Je vois devant mes yeux tous les tours déloyaux
Dont, envers la plupart des conseillers royaux,

Je me suis fait un jeu de me rendre coupable.
Sans parler de Grosbrun, cet oncle vénérable,
Que ma fourbe a conduit aux portes du trépas,
De mon neveu Moustache et de sa chasse aux rats,
De Copette livrée aux ciseaux de la parque,
Au singe Minaudier, favori du Monarque,
J'ai donné de prudence une bonne leçon;
Et ce loup, qui se croit un rare esprit, Glouton
A de moi-même appris l'art de sonner la cloche. »
—Vous n'aurez point, cher oncle, à vous faire reproche
De vous être soumis aux ordres de la Cour;
Et, pour calmer un peu les ennuis de ce jour,
De ces tours tracez-moi, de grâce, la peinture.
— Voici de Minaudier la risible aventure :
Je m'étais introduit dans un château voisin,
Et je me promettais un excellent butin.
L'événement d'abord trompa mon espérance;
Des murs de basse cour d'une hauteur immense
Entravaient mes desseins; et des chiens vigilans
Me rendaient circonspect dans mes pas chancelans;
J'allais me retirer, lorsque dans la cuisine
J'aperçus un chapon d'une superbe mine,
Qu'au sortir de la broche à maître Minaudier
En garde avait remis l'imprudent cuisinier.
Mon inclination tant soit peu malfaisante,
Et du chapon rôti l'odeur appétissante
Me firent projeter d'en régaler ma faim.
Rien n'était moins aisé pourtant que ce dessein;

Car Minaudier est fort, beaucoup plus que moi-même :
Mais pour le détrousser j'usai de stratagême.
Je fais, en m'avançant vers le singe gardien,
Trois sauts qu'à l'instant même il contrefait fort bien.
Je poursuis mes essais ; lui, d'un air ridicule,
Répète chaque geste, exact jusqu'au scrupule.
A la fin je me couche et je feins de dormir ;
Mon singe à m'imiter prenant toujours plaisir,
S'étend tout de son long et ferme la paupière.
C'est où je l'attendais. Plus prompt que la lumière
Je me lève, m'élance et le chapon est pris.
Figurez-vous combien Minaudier fut surpris,
Peignez-vous sa douleur et sa crainte et sa honte.
Il bondit ; il veut prendre une vengeance prompte.
Mais je n'ignorais pas qu'il était enchaîné.
Ainsi, dans mon projet, doublement fortuné,
Je vole le chapon et le mange à sa vue,
Sans qu'il puisse empêcher mon bonheur qui le tue.
Il eût pour cette affaire été réprimandé,
Si, par hasard de loin nous ayant regardé,
Le maître du château n'eût vu toute la scène,
Et, pour en avoir ri jusques à perdre haleine,
N'eût défendu qu'au singe on donnât du bâton.
Il en coûta plus cher à mon voisin Glouton.
Voici comme il apprit à se servir des cloches :
Des toits de Malperdu dans des lieux assez proches,
Un soir de l'an dernier que nous rôdions tous deux,
Un vaste colombier soudain frappa nos yeux.

Mais, ô trop vain espoir! il n'avait pas de porte,
N'offrait qu'une fenêtre, et construite de sorte
Qu'en aucune manière on n'y pouvait sauter,
Et qu'il nous eût fallu voler pour y monter.
On voyait au dessus la cloche dont l'usage
prévenait, chaque jour, de rentrer au village.
Moi je dis à Glouton que, sans être sorcier,
Je saurais bien gravir jusqu'à notre gibier,
S'il voulait, se dressant sur ses pieds de derrière,
Me prêter de son dos l'utile ministère.
Avec joie il se met debout le long du mur.
Mon bon ami, lui dis-je, il faut que je sois sûr
En montant dans ce lieu que j'en pourrai descendre.
Ainsi, pour que tu sois obligé de m'attendre,
Permets qu'à cette corde on t'attache un moment.
De ne pas s'écarter il fait en vain serment,
Il en atteste en vain la peuplade céleste;
Je feins d'être incrédule et toujours lui proteste
Qu'à de simples discours je ne puis me fier.
Enfin donc il consent à se laisser lier.
Comme bien vous pensez, de la bonne manière
Je garotte les pieds de notre pauvre hère;
Puis, le long de son dos je saute, et chaque fois
De la cloche ébranlée au loin s'entend la voix.
De la ferme, à ce bruit, l'on sort à pleine porte;
Et, rencontrant un loup enchaîné de la sorte,
L'essaim de paysans de bâtons s'arme, et tous
Sur Glouton font pleuvoir un déluge de coups;

Mais la corde rompit, et Glouton, dans sa fuite,
Sut de ses ennemis éluder la poursuite.
Sitôt qu'il me revit, il vint me reprocher
Ce qu'il avait souffert sous les murs du clocher;
Mais j'eus l'art de me rendre aussi blanc que la neige,
Et je pus de nouveau l'envoyer dans un piége.
L'ayant donc, un beau soir, conduit dans une cour,
Et voulant, cette fois, le perdre sans retour,
Je lui dis : Cher ami, le toit que tu regardes
C'est où j'ai dévoré la reine des poulardes.
La porte en est ouverte, entrons, je suis certain
Qu'encore un bon repas calmera notre faim.
Il s'y lance à l'instant. Plus vif que le tonnerre,
Pour atteindre mon but, je déplace une pierre.
Libre de cet appui, la porte sur ses pas
Se referme soudain, avec un long fracas.
L'endroit dont il s'agit touchait à la cuisine;
Au bruit donc qu'il entend dans l'enceinte voisine,
Le cuisinier accourt; il entre tout-à-coup;
Sa surprise est extrême en rencontrant un loup.
Bien vîte il le saisit, en même temps qu'il crie :
Au secours! Mais Glouton, que la peur supplicie,
Fait les plus grands efforts pour vaincre le danger.
Le cuisinier sentant qu'il va se dégager,
Pour pouvoir du combat attester les merveilles,
D'un coup de coutelas lui coupe les oreilles.
Glouton fuit en hurlant, par miracle échappé.

Défiez-vous toujours de qui vous a trompé.

CHAPITRE IX.

Le blaireau rit beaucoup de la triple aventure,
Mais en fit cependant une juste censure,
Tâchant de convertir son oncle Trigaudin.
Votre inclination à tromper le prochain
Est, dit-il, très-blâmable, et même j'ose dire
Que dans le précipice elle eût dû vous conduire.
Cependant j'ai promis de défendre vos jours;
Et je croirais certain le fruit de mes secours,
Si j'étais convaincu de vous voir par la suite,
Sur les lois du devoir régler votre conduite.
— S'il ne tient qu'à cela, je jure par le Styx
Que des renards dévots je serai le phénix;
Et que, sachant dompter ma contraire habitude,
Je ferai d'obliger ma principale étude.
— Eh bien comptez sur moi, comptez sur mes amis;
Et même, (Tant je crois à ce qui m'est promis!)
A vous cautionner de ma propre personne
Je n'hésiterai pas, si le besoin l'ordonne.
Tels étaient leurs discours. Mais arrivant alors
Dans un pré que sépare un ruisseau dont les bords
Sont partout escarpés et le courant rapide,
Le blaireau, nageant mal, cet aspect l'intimide.
Il le dit au renard; celui-ci lui répond
Que quelques pas plus haut ils trouveraient un pont:

Et bientôt en effet à leurs yeux, pour passage,
S'offre un tronc que soutient l'un et l'autre rivage;
Pont trop mal affermi pour être sans danger.
Ce bois, dit Trigaudin, pourrait se déranger;
Ainsi passez devant, cependant que moi-même
Je retiendrai la branche, avec un zèle extrême.
Mais sitôt qu'il arrive au milieu du ruisseau,
Par le fourbe poussé le bois tombe dans l'eau.
Dominant est d'abord étourdi de sa chute;
Il boit fort largement; bientôt pourtant il lutte
Contre les flots blanchis dont il est arrosé,
Et gagne, demi-mort, le rivage opposé.
Comme s'il eût été sensible à son naufrage,
A l'instant Trigaudin s'était mis à la nage;
Mais il ne le joignit que lorsqu'il fut à bord.
Quel bonheur, lui dit-il, vous voici donc au port!
A votre mort, hélas! je n'aurais pu survivre.
Je me suis dans les flots empressé de vous suivre;
Mais ce torrent fatal est si fort en son cours,
Que j'ai failli moi-même y terminer mes jours.
De ce zèle apparent le blaireau fut la dupe.
En conversant toujours de ce qui les occupe,
(Des moyens de fléchir le cœur du souverain)
Tous les deux de nouveau se mettent en chemin,
Trigaudin protestant de son horreur du crime
Et de l'amour du bien qui pour toujours l'anime.

Qui se glorifîrait de trahir ses amis
Ne pourrait qu'obtenir l'universel mépris.

CHAPITRE X.

Mais le sort qui régit toute chose à sa guise,
Permet qu'en poursuivant la route qu'ils ont prise
Ils tombent au milieu d'un volatile essaim,
Dont chaque individu, pour apaiser sa faim,
De ses pieds, de son bec agitait la poussière.
C'était dix-neuf poulets surveillés par leur père.
S'élancer sur le coq, l'étrangler, le manger,
Trigaudin vous le fit, même avant d'y songer.
Eh quoi! dit le blaireau qu'atterrent ces prouesses,
Est-ce donc là, grand Dieu! le fruit de vos promesses?
Me payez-vous ainsi de mon attachement?
— Oui j'ai tort; mais, mon cher, avouez franchement
Qu'aucune occasion ne fut plus favorable,
Et que d'y succomber j'étais fort excusable;
Le destin me livrait mon plus grand ennemi,
Et j'étais mort de faim déjà plus d'à demi.
Dominant, d'un coup d'œil exprime sa surprise,
Jugeant qu'un animal, qui si peu se maîtrise,
Probablement jamais ne se conduirait mieux.
L'air de sévérité qui restait dans ses yeux
Produisit sur son oncle une impression vive.
Ne m'aimeriez vous plus, lui dit-il? S'il m'arrive
Que je sois, par malheur, abandonné de vous,
Je n'irai point du prince affronter le courroux,
Ni de mes ennemis la vengeance inflexible;
Bien que de reculer il me soit peu possible,

En étant parvenu dans l'endroit où je suis;
Ainsi donc, sans détour, dites ce que je puis,
De vous-même envers moi soit espérer soit craindre.
Dominant lui répond : A vous parler sans feindre,
Votre penchant au mal m'inquiète aujourd'hui;
Mais vous devez toujours compter sur mon appui :
Rien ne peut m'obliger à manquer de parole.
Vous, de votre côté jouez bien votre role,
Et je vous soutiendrai tant qu'il sera dans moi.
Jadis tous vos conseils étaient goûtés du Roi,
Et souvent leur succès passa son espérance;
Ayez soin d'employer ce moyen de défense.
De la Reine autrefois vous étiez favori,
Elle est toute-puissante auprès de son mari;
Si vous l'intéressez, vous sauver est facile.
Elle a, vous le savez, pour confidente Agile,
Cette fine guenon que vous connaissez tant,
Et dont tous les désirs ne sont que pour l'argent.
Qu'une somme à nos vœux la rende favorable,
Elle n'omettra rien dont elle soit capable.
Moi je ferai pour vous travailler mes amis,
Et hors de tout péril bientôt vous serez mis.
Trigaudin, pénétré d'une vive allégresse,
Saute au cou du Blaireau, dans ses deux bras le presse:
Je ne crains désormais, dit-il, aucun danger,
Puisque vous voulez bien encor me protéger.

On ne corrige point un cœur né pour le vice;
Celui qui le défend en devient le complice.

CHAPITRE XI.

Alors que Dominant exposait ces avis,
Il ne prévoyait pas que lui, que ses amis,
Seraient pour l'accusé l'inutilité même,
Par les soins pris d'avance, et la vîtesse extrême
Qu'on mit à faire entrer son oncle en jugement.
Le pauvre Trigaudin arrivait seulement
Aux premiers des ormeaux de la longue avenue
Qui du Louvre paraient la principale issue,
Lorsqu'un gros de soldats, aposté tout exprès,
L'arrête, et, prisonnier, le conduit au palais.
On avertit le Roi que Trigaudin arrive.
Et son nombreux conseil, qu'une courte missive
D'avance a prévenu de se tenir tout prêt,
S'assemble sur-le-champ pour prononcer l'arrêt.
L'infortuné renard, en entrant dans la salle,
Est saisi tout-à-coup d'une peur sans égale ;
Son cœur se glace ; il tremble ; un noir pressentiment
Lui semble présager que cet événement
Sera moins bon pour lui qu'il n'avait osé croire.
Pourtant il se remet, traverse l'auditoire,
S'avance jusqu'au trône, en saluant bien bas
Les juges d'où dépend sa vie ou son trépas ;
Et sitôt qu'il se voit aux pieds de son Monarque,
Le sachant très-sensible au respect qu'on lui marque,

Jusqu'à terre humblement il se courbe trois fois :
« Je me rends devant vous, ô modèle des Rois,
A vos commandemens désireux de répondre;
Bravant mes ennemis et sûr de les confondre.
La haine et le mensonge ont voulu me noircir;
Mais j'espère aujourd'hui forcer au repentir
De mes accusateurs la cohorte perfide.
Seule la vérité me servira d'égide,
Et me rendra le cœur de votre Majesté . . . »
C'est ce que nous verrons, dit le prince irrité :
Vous, d'accusation, greffier, lisez-nous l'acte;
Vous, témoins, déposez d'une manière exacte.
Durant cette lecture on dit qu'il s'écoula
Une heure et même plus. Sitôt après cela,
Les témoins dont le nombre excède la centaine
Aggravent tellement sa conduite inhumaine,
Que ses juges (pourtant un juge est bon acteur.)
Ne peuvent dérober qu'ils sont saisis d'horreur. »
Après avoir à fond examiné l'affaire,
Et recueilli les voix dans la forme ordinaire,
Le Roi lut la teneur du fatal jugement,
Qui, pour mieux effrayer par un tel châtiment,
Condamnait Trigaudin à périr par la corde,
Avant la fin du jour, et sans miséricorde.
De ce coup imprévu le renard accablé
Resta dans la stupeur, muet et désolé.
Ses amis du conseil sortirent en tel nombre,
Que le Roi, par son air plus sévère et plus sombre,

Montra que la surprise ébranlait son grand cœur.
Il ne s'agissait plus que d'un exécuteur.
Dès long-temps ce supplice était passé d'usage,
Le bourreau dès long-temps était mort sans lignage.
On ne savait par où subvenir à ce point;
Lorsque le vieux Moustache (il ne pardonnait point
Du meilleur de ses yeux la perte encor récente.)
Au milieu du conseil gravement se présente,
Tenant en main la corde où lui-même il fut pris,
Le jour infortuné de la chasse aux souris.
« Sire, dit-il, il faut que, pour plus de justice,
L'instrument du forfait soit celui du supplice.
Donc avec ce lacet, quoique n'ayant pendu,
Durant toute ma vie aucun individu,
Je pendrai Trigaudin, si mon Roi le commande. »
Le Monarque avec joie accueillit sa demande;
Et de suite au supplice on voulut procéder,
De peur que le renard ne vînt à s'évader.

Le crime tôt ou tard subit sa récompense;
Même ses partisans le laissent sans défense.

CHAPITRE XII.

Moustache, que brûlait la soif de se venger,
Sans perdre un seul instant fut soigneux d'arranger
Les différens objets utiles au supplice.
Le Roi, pour mieux graver l'effroi de sa justice,

En rendant cet arrêt encor plus solennel,
Voulut être témoin du sort du criminel.

Trigaudin, qui cessait d'espérer pour sa vie,
N'apprit pas sans plaisir cette royale envie,
Pensant que, satisfait de l'avoir effrayé,
Pour lui le souverain entendrait la pitié.
Mais lorsque cet espoir lui devient infidèle,
Qu'on le force déjà de monter à l'échelle,
De son dernier moyen il veut tenter l'emploi,
Et demande instamment d'être conduit au Roi :
« Je lui dois révéler une trame inouie,
Qui d'un si grand Monarque intéresse la vie. »
Moustache, impatient d'étrangler le renard,
Prétend qu'à sa prière on n'ait aucun égard ;
Mais la garde, à ses vœux trop prête à condescendre,
Le conduit près du Roi qui consent à l'entendre.
Sire, dit-il, je suis indigne de pardon ;
Mais, avant de périr par le fatal cordon,
J'ai dû vous révéler une trame funeste,
Qui de vos jours sacrés eût compromis le reste.
Avant de dévoiler ce secret odieux,
Permettez que d'abord je retrace à vos yeux
Quelques faits précédens, mais liés à la chose,
Qu'il faut qu'avec détail ma bouche vous expose.
Dans mon enfance au mal je n'étais point enclin,
Le Ciel m'avait créé bon, patient, humain ;
Mais l'éducation changea mon caractère.
C'est deux de mes parens (que ne puis-je le taire

Dont les mauvais conseils m'ont fait dégénérer.
Jeune, avec des agneaux on m'a vu folâtrer;
Et parmi des poulets dont m'adorait la troupe
Mangeant du même pain, buvant à même coupe,
Couler innocemment les plus beaux de mes jours.
Hélas, pourquoi ces temps ont-ils été si courts!
Dans ces temps j'ignorais que, pour sa nourriture,
De ceux qui m'inspiraient une amitié si pure,
De ceux à qui moi-même alors j'étais si cher
On pût boire le sang et dévorer la chair;
Et je l'ignorerais, même encore à cette heure,
Si le sort n'eût conduit l'ours en notre demeure.
J'avais alors acquis déjà quelque vigueur.
A mon oncle Grosbrun j'appris tout mon bonheur,
Et l'emploi de mes jours dont il était la suite.
Bien loin de m'approuver, il railla ma conduite;
Et comme j'en vantais les fruits délicieux :
» J'en veux juger, dit-il, d'après mes propres yeux. »
Il me suit; mais à peine au milieu de la troupe
Il saisit un agneau, le jette sur sa croupe,
Et s'enfuit dans un bois qui bordait le vallon.
Je vole sur ses pas, pour savoir la raison
D'une façon d'agir que je ne puis comprendre :
Mais quel affreux spectacle alors vient me surprendre!
Quel sujet à la fois de rage et de douleur!
L'ours dévore déjà l'agneau cher à mon cœur.
Des reproches amers s'exhalent de ma bouche;
Mais rien ne peut fléchir ce naturel farouche;

Il se rit de mes pleurs, et même ose exiger
Que par mon propre goût je consente à juger
D'une chair qu'il me dit être délicieuse.
Je refuse; sa voix devient impérieuse,
Et je me vois sur l'heure obligé d'obéir.
Le premier pas, dit-on, seul nous coûte à franchir.
Hélas! j'en fis alors la triste expérience;
Je cessai de me plaire aux jeux de mon enfance.
De Grosbrun les leçons, de Glouton les conseils
M'eurent bientôt réduit au rang de leurs pareils.
Mais de la conscience étouffer le murmure,
Est ce que peut le moins notre faible nature.
Dans les momens d'angoisse où la dent du remords
Redoublait sur mon cœur ses douloureux efforts,
Seul je me retirais dans un bois solitaire,
Pour rêver aux moyens qui pourraient me soustraire
au joug des passions, dont le poids m'accablait.
C'est là qu'en apprenant le lieu qui recelait
D'un immense trésor l'indicible richesse,
Je connus un complot qui seul vous intéresse.
Sur lui je vous demande un entretien secret.
Le prince y consentit d'autant moins à regret,
Qu'il était soupçonneux, et que déjà la Reine,
Qui ressentait pour l'or une amour souveraine,
Du trésor espérait avoir sa bonne part.

L'homme artificieux ne néglige aucun art,
Recourt à tout moyen, permis, illégitime,
Pour sortir du péril où le jeta son crime.

CHAPITRE XIII.

Cependant l'accusé sent renaître l'espoir,
A bon droit présumant assez de son savoir
Pour fonder son salut sur ce qu'il allait dire.
Auprès des deux époux, arbitres de l'empire,
Étant seul introduit, il parle en ces accens :
« Sire, pardonnez-moi d'avoir pu quelque tems
Vous cacher un secret d'où dépend votre vie;
Mais les plus saints motifs comprimaient mon envie;
D'ailleurs, je surveillais chacun des conjurés,
J'attendais que le mal fût aux derniers degrés;
Mais alors que je suis près de la sépulture,
Je ne dois plus pour eux conserver de mesure.
Dans l'un de ces momens que j'ai peints à vos yeux,
J'aperçus mon vieux père, à pas mystérieux
Entrer dans le taillis qui formait ma retraite.
En lui tout annonçait une action secrète.
D'abord il examine avec le plus grand soin
S'il est bien à l'abri de l'œil de tout témoin;
Puis il ouvre un buisson, puis il fouille la terre,
Et, redoublant d'effort, il soulève une pierre
Qui dérobait aux yeux un conduit souterrain.
Il y descend. Bientôt de cet obscur chemin
Je le vis ressortir emportant quelque chose;
Et sitôt que par lui la porte fut reclose,

Bien vite il disparut. Dès qu'il fut éloigné,
Je quittai la cachette où j'étais consigné,
Et n'eus aucune peine à retrouver l'issue.
Que d'objets précieux s'offrirent à ma vue !
Quel immense trésor ! J'ignorais son emploi,
Quand j'appris un forfait qui me glaça d'effroi.
Et Moustache et Glouton étaient avec mon père ;
De pouvoir vous chasser du trône héréditaire
Ensemble ils discutaient les moyens différens.
Après de vifs débats, les trois délibérans
Résolvent que Grosbrun participe à leur trame.
Ils savaient, connaissant la noirceur de son âme,
Qu'il serait enchanté d'être leur général ;
Cependant que Glouton, pour donner le signal,
Par avance à la Cour se rendrait en personne.
Mais il fallait du temps pour saisir la couronne ;
Des Ardennes Grosbrun habitait la forêt.
A l'aller prévenir Moustache fut tout prêt,
Et partit à l'instant, promettant diligence.
Mon père s'engagea de fournir la finance
Nécessaire au succès du projet comploté.
Gozille et ses enfans de votre Majesté
Devaient gagner la garde ou par l'or la corrompre ;
Des soldats, d'une ardeur que rien ne pourrait rompre,
Devaient être en secret enrolés contre vous ;
Et, le moment venu de frapper les grands coups,
(J'en frissonne d'horreur !) la puissance et la vie,
Durant votre sommeil, vous eût été ravie.

Toute votre famille eût eu le même sort.
Et, devenu Monarque au jour de votre mort,
Le féroce Grosbrun eût, par un choix sinistre,
De l'infâme Glouton fait son premier ministre.
D'abord, pour entraver la marche du projet,
J'enlevai le trésor du lieu qui le cachait
Et je le transportai dans un nouvel asile,
Ignoré de tout autre, et pour moi seul facile.
A peine j'achevais, lorsque par un agent
A mon père Grosbrum demanda de l'argent,
Pour pouvoir aux besoins égaler la dépense.
Mon père au souterrain courut en diligence:
Mais, n'y trouvant plus rien, telle fut sa douleur,
Que lui-même abrégea sa vie et son malheur. »
La Reine à ce récit de terreur fut tremblante,
Et même son époux sentit quelqu'épouvante;
Il promit au renard que, joint à son pardon,
Des plus brillans honneurs il obtiendrait le don,
Et de ses ennemis punition complette,
S'il voulait du trésor déclarer la cachette.
Sire, dit Trigaudin, ce n'est pas tant pour moi
Que pour veiller encore au salut de mon Roi
Que je garde en ce jour quelqu'attache à la vie.
Le trésor est à vous. Désignez, je vous prie,
Un couple des sujets près de vous attachés,
Et je vais les conduire où ces biens sont cachés.

Le fourbe accuse tout pour se tirer d'affaire;
Pour lui rien de sacré, non pas même son père.

CHAPITRE XIV.

L'heureuse invention de ces fameux secrets
Aux yeux du souverain effaça les forfaits,
Dont l'odieux concours pesait sur le coupable.
Dès lors pour Trigaudin devenu favorable :
« Chancelier, dit le Roi, qu'avant la fin du jour
Dans la salle du trône on assemble ma Cour;
Et surtout ayez soin qu'une garde nombreuse
Déploye autour de moi sa bande valeureuse :
Ma voix doit révéler des forfaits inouis. »
Alors que les Seigneurs se furent réunis,
Et que des deux époux la royale présence
Eut fait aux vains discours succéder le silence :
« Les dehors, dit le Roi, souvent trompent nos yeux;
Tel est plein de vertus qui semble vicieux.
Il est d'ailleurs, il est un moyen efficace
De réparer ses torts et d'obtenir sa grace;
C'est de rendre à l'Etat un service important.
Tel est de Trigaudin le cas en cet instant;
Aussi j'ai pardonné sa conduite passée;
Et même je prétends chasser de sa pensée
La cruelle façon dont nous l'avons traité.
Je veux, pour caution de ma sincérité,
Qu'à Glouton, qu'à Grosbrun qui recherchaient sa vie,
Soit, sans aucun retard, la liberté ravie;

Cependant que des faits, jusqu'à moi parvenus,
Me soient dans leurs détails entièrement connus. »
Ciel ! s'écrie aussitôt le couple qu'il menace,
Qu'est-ce qui nous mérite une telle disgrace ?
Réservez-vous ce prix à la fidélité !
De vous nous appelons à votre Majesté.
Pourriez-vous honorer de votre confiance....
On ne conspire pas contre moi sans vengeance,
Reprit le Roi; soldats, qu'on les charge de fers
Sire, dit Trigaudin, je sais qu'ils sont pervers;
Mais laissez-leur le jour; peut-être, dans la suite,
Corrigés, ils tiendront une bonne conduite;
Et de causer leur mort je serais désolé.
Dès que vers la prison ils eurent détalé,
Le Monarque rentra dans la chambre prochaine,
Seul avec Trigaudin, que précédait la Reine.
Vous voyez, lui dit-il, que je suis tout-puissant,
Que de vos ennemis le châtiment récent
Fait que tout leur courroux pour vous n'est plus à craindre,
Mais ayez avec moi soin de parler sans feindre;
Ou sur vous ma fureur épuiserait ses traits :
Rien ne me calmerait, et je vous poursuivrais,
Et vous et vos enfans, jusques au bout du monde.
A présent dites-moi la caverne profonde
Qui cache le trésor que vous m'avez narré.
Est-elle loin d'ici ? Je m'y transporterai
Dès demain sur vos pas, à l'aube matinale.
Sire, dit le renard qu'en fourbe rien n'égale,

Le trésor est à vous même dès aujourd'hui ;
Mais il faudra du temps pour l'apporter ici,
Vu qu'il est situé sur l'extrême frontière,
Dans un aride lieu qu'on ne fréquente guère,
Au centre d'un désert voisin de l'aquilon ;
On appelle ce lieu l'ermitage sans nom.
D'ailleurs d'ici long-temps l'occasion présente
A votre Majesté défend qu'elle s'absente.
De Glouton, de Grosbrun les complices pervers,
Après votre départ, les tireraient des fers ;
Et, du fruit des forfaits poursuivant la récolte,
Embraseraient les cœurs du feu de la révolte.
Je crois qu'il vaudrait mieux que pour m'accompagner
Vous daignassiez, grand Roi, vous-même désigner
Deux d'entre vos sujets qui reviendraient de suite :
Et votre Majesté, par leur rapport instruite,
Donnerait l'ordre au chef des chasseurs à cheval
D'apporter tous ces biens dans le trésor royal.
Cet avis à la Reine ayant paru fort sage,
Obtint de son époux aisément le suffrage.

Le fourbe sait toujours prendre dans ses filets
Quiconque en son esprit lui donne quelqu'accès

CHAPITRE XV.

Du lendemain à peine a reparu l'aurore,
Que le couple accusé d'un crime qu'il ignore,
Sous les murs du palais par la garde traîné,
Se voit à des poteaux tristement enchaîné.
Par un décret royal, pour peines afflictives,
Tous deux sont dépouillés de huit dents incisives,
Et sans nulle pitié reconduits en prison.
Témoins de leurs tourmens par ordre du lion,
(Qui, plein de leur révolte, appelait ce supplice
Un exemple éclatant de sa haute justice)
Trigaudin sut cacher tout son plaisir en soi.
Il se rendit ensuite au palais, et le Roi
Lui dit : Allez trouver mon épouse très-chère;
Elle vous apprendra ma volonté dernière,
Et de qui j'ai fait choix pour partir avec vous.
Ce fut pour le renard un spectacle bien doux
De rencontrer chez elle, en habit de voyage,
Et le lièvre Rouget, son porteur de message,
Et Beslin le bélier, l'un du conseil royal,
Qui tous deux du départ attendaient le signal.
Il admira du Roi l'extrême bonhomie,
De le laisser partir en telle compagnie;
Mais il fut de ce choix d'autant plus enchanté,
Que l'un était sans force, et l'autre un hébété

Qui croirait aisément ce qu'il lui voudrait dire;
Et qu'il tremblait d'effroi qu'on ne l'eût fait conduire
Par des gens assez forts pour s'emparer de lui;
Alors que l'évidence à leurs yeux aurait lui.
La Reine, en ce moment, s'empressant de paraître:
« Ma confiance est grande autant qu'elle peut l'être,
Lui dit-elle; ayez soin de vos deux compagnons;
Et surtout, je le veux, tous les trois soyez prompts.
Sitôt que du trésor il aura connaissance,
Que Rouget à la Cour revienne en diligence,
Afin de me conter tout ce qu'il aura vu.
Quant au sage Beslin, suivant l'ordre reçu,
Il prendra les bijoux propres à mon usage
Et trente mille francs, ou même davantage,
Pour acquitter des frais qu'ignore mon époux.
Sur-le-champ, Trigaudin, partez; et tenez-vous
Assuré que la Reine à jamais vous protège. »
Avec grace, à ces mots, se baissant sur son siége,
Elle tendit sa patte au joyeux Trigaudin,
Qui la baisa trois fois et se mit en chemin.
Et Beslin et Rouget marchèrent à sa suite.
Le renard inquiet si, touchant sa conduite,
Ils n'avaient point reçu quelques ordres secrets.
Dans l'esprit de tous deux tâcha d'avoir accès;
Et pour y réussir usa de flatterie.
C'était-là son grand art; et c'est la fourberie
Où le plus fréquemment les fripons ont recours,
Et qui leur réussit, hélas! presque toujours.

Seigneur Beslin, dit-il, de notre commun maître
Vous êtes confident, et cela devait être ;
Votre sagacité méritait bien ce prix ;
Mais, à parler sans fard, j'avoue être surpris
que vous n'embrassiez pas le parti militaire.
Je sais votre courage, et de plus d'une affaire,
Vous ayant vu sortir, non sans beaucoup d'honneur,
Je suis persuadé qu'avec tant de valeur,
Vous sauriez obtenir de commander l'armée.
Quant à l'ami Rouget, son âme est peu formée,
il est vrai, pour briller dans les travaux de Mars.
Mais il suit de Thémis les nobles étendards ;
Et doué des talens dont l'orna la nature,
Il deviendra le chef de la magistrature.
Soudain les envoyés, que ce discours ravit,
Promettent au renard l'appui de leur crédit,
Et de lui consacrer une amitié parfaite ;
Mais ne parlent point de mission secrette :
Le trio cependant est enfin parvenu
Près des toits verdoyans du fameux Malperdu.

De celui dont le front porte le diadême
Le premier des devoirs, la science suprême
Est de toujours commettre aux différens emplois,
Ceux qui peuvent le mieux en supporter le poids.
Mais souvent dans les Cours tout se fait par la brigue,
Et, pour mérite alors, il ne faut que l'intrigue.

CHAPITRE XVI.

Le renard jubilait d'être hors de danger,
Mais déjà dans son cœur songeait à se venger
Des opprobres cruels sur lui versés naguère.
Ni Beslin ni Rouget certe en nulle manière
Ne pouvaient lui sembler en être les auteurs.
Ce fut pourtant sur eux qu'injuste en ses fureurs,
Il conçut le dessein d'exercer sa vengeance.
Mes amis, leur dit-il, dans notre obéissance
Nous devons nous garder de perdre un seul instant;
D'un désir empressé, la Reine nous attend,
Je le sais; mais tous deux vous conviendrez sans doute
Que, si près de chez moi conduit par notre route,
Pourtant j'y dois entrer et presser sur mon cœur
Ma femme et mes enfans pour moi pleins de terreur.
Vous, dit-il à Rouget, consentez à me suivre,
Afin que si, près d'eux, d'allégresse étant ivre,
J'accordais trop de temps au plaisir de les voir,
Vous me rappelassiez sur l'heure à mon devoir;
Vous, cher Beslin, ici restez à nous attendre,
Ce qui me fournira prétexte à me défendre
De faire chez les miens un séjour prolongé.
Le couple à son avis s'étant soudain rangé,
Aux lieux environnans Beslin se mit à paître,
Et Rouget s'avança vers le château du traître.

Mais de la porte à peine il a franchi le seuil
Que Trigaudin sur lui se jette pour accueil.
Au secours, cher Beslin, sauvez-moi de sa rage. . .
Rouget ne peut, hélas! en dire davantage ;
Un seul coup lui ravit la parole et le jour,
Et l'envoie en ces lieux qui n'ont point de retour.
Trigaudin à sa femme apporta cette proie.
Grands dieux! par quel bonheur, dit-elle, ivre de joie,
Te vois-je de retour sitôt en nos foyers,
Et comment as-tu pris le meilleur des gibiers?
Il lui dit ses périls, et la manière habile
Dont il était sorti d'un pas si difficile.
Hermine frémissante à cet affreux récit,
Vivement le blâma de son dernier délit,
Qui rendrait le Monarque irréconciliable.
Il n'est plus de remède au sort qui nous accable ;
Dit-elle, cher époux, si ce n'est d'émigrer.
Pourquoi, dit Trigaudin? Où donc nous retirer,
Pour trouver un asile avec autant d'issues,
Faciles pour nous seuls, de tout autre inconnues?
Je ne redoute rien; même je t'avoûrai
Que je croirais l'affront encor mal réparé,
Si de mon grand dessein je n'achevais le reste.
Il dit, et sur-le-champ, par un instinct funeste,
Il arrache la tête au cadavre fumant,
Et la met dans un sac ; qu'il clôt soigneusement,
Ensuite il va trouver Beslin dans la prairie,
Noble ami, lui dit-il, mon épouse chérie,

Succombant au chagrin par mon sort excité,
Dans l'instant où je parle est à l'extrémité.
Rouget, son bon parent qui l'aime avec tendresse,
Ne veut point la quitter dans ce temps de détresse,
Et de simples divers connaissant les vertus,
Seul peut rendre la force à ses sens abattus.
Cet accident fatal entravant notre course,
D'un assez long retard pourrait être la source ;
Je ne saurais partir qu'en un plus heureux jour ;
Vous, sans aucun délai, retournez à la Cour.
Pour que la souveraine ait lieu d'être contente ;
Et pour ne pas frustrer en tout point son attente,
J'ai mis dans ce sachet des diamans, de l'or
Que j'avais dès long-tems enlevés du trésor.
Par là leurs majestés pourront juger d'avance
Combien tous mes discours méritent de croyance.
Aux différens bijoux, j'ai joint un long billet
Qu'a lui-même à l'entier écrit le cher Rouget.
Pour faire votre cour le ciel vous favorise.
Il dit, et sur Beslin attacha la valise.
Beslin, pour ses discours étant rempli de foi,
Repartit à l'instant, tout joyeux à son Roi
De pouvoir sans second porter cette nouvelle ;
Et sentait redoubler sa vigueur et son zèle,
En calculant le prix que gagneraient ses soins.
Une autre chose encor ne l'occupait pas moins :
C'était de desservir Rouget son camarade,
Et de recueillir seul l'honneur de l'ambassade.

De la Reine avec lui partageant la faveur,
Il haïssait Rouget dans le fond de son cœur.
Il courait constamment de toute sa vitesse,
Et cependant toujours s'accusait de paresse.
Enfin il découvrit les dômes du palais.

L'ambition répand des nuages épais
Sur le danger qui suit la passion extrême
De se rendre agréable aux yeux du chef suprême.

CHAPITRE XVII.

Beslin, blanc de poussière et de sueur fumant,
Chez l'épouse royale alla directement.
Alors s'y rencontrait le Monarque en personne,
Et ceux qui le plus près approchaient la couronne.
Quoi déjà de retour, s'écria le lion!
Sur le lieu du trésor m'en imposerait-on?
Mais où Rouget est-il? Qu'est-ce que l'on m'apporte?
Au monarque Beslin répondit de la sorte:
Sire, un faible accident éprouvé par Rouget,
M'a contraint d'accomplir tout seul votre projet.
Avec moi Trigaudin a, dans cette valise,
Déposé des objets d'une nature exquise,
Que nous avons tous deux désiré vous offrir,
Afin que vous vissiez comme on sait vous servir;

Et ce que de nos soins votre espoir doit attendre.
Le Roi très-satisfait de ce qu'il vient d'entendre,
Commande à Parfumé, greffier du cabinet,
De décharger Beslin et d'ouvrir le paquet.
Ce bouc, le plus fameux dont subsiste la race,
S'était vu revêtir de cette illustre place,
Comme à peu près le seul qui sût lire à la Cour;
Et son rare mérite éclatait chaque jour.
A peine eut-il ouvert la funeste valise
Qu'il recula glacé d'horreur et de surprise;
Et prenant de Rouget le chef ensanglanté,
Il l'offrit en spectacle à l'œil épouvanté.
Mais qui pourrait du Roi dépeindre la colère!
Il se mit à rugir d'une telle manière,
Que tous les courtisans furent saisis d'effroi.
Quoi! dit-il à Beslin, c'est donc trop peu pour toi,
Infâme, que d'oser prendre part au massacre,
De celui qu'avec toi le même emploi consacre;
Tu viens m'offrir ici ses restes palpitans,
En y joignant encor des discours insultans!
Qu'injustement punis soient délivrés sur l'heure
Et Grosbrun et Glouton de leur triste demeure:
Et pour calmer la faim dont il est dévoré,
Qu'à ce couple innocent le traître soit livré.
L'obéissance aux Rois d'ordinaire est sans bornes;
Bientôt donc de Beslin ne restent que les cornes.
Le lion témoigna les plus vives douleurs,
Et même de ses yeux on vit couler des pleurs.

Le léopard lui dit : ce n'est point à des larmes
Qu'on doit avoir recours ; mais à l'effort des armes
C'est par le sang versé de l'auteur du forfait
Que nous apaiserons les mânes de Rouget.
Contre le criminel, Sire, je vous demande
De mener les soldats que sous vous je commande.
Dès que les courtisans savent que Trigaudin
Est derechef fort mal auprès du Souverain,
De ses nouveaux amis tout le zèle s'écoule ;
Et les accusateurs se présentent en foule.
Le Conseil de leurs cris sans cesse retentit ;
D'entr'eux les plus ardens étaient sans contredit,
Le corbeau Croasson, courbé sous la vieillesse ;
Et Musillard lapin, florissant de jeunesse ;
De sa tendre moitié l'un déplorait le sort,
De deux frères chéris l'autre pleurait la mort.
Dominant, resté seul à son oncle fidèle,
Résolut, n'écoutant que l'ardeur de son zèle,
De l'informer du moins des dangers qu'il courait,
Et partit dès le soir dans le plus grand secret.
Sitôt qu'il eût atteint le terme de sa course :
Ah cher oncle ! dit-il, vous êtes sans ressource,
Perdu ; car Pomelé, doyen des léopards,
Assemble des soldats levés de toutes parts,
Pour bruler votre asile au gré de sa malice,
Et vous traîner captif jusqu'au lieu du supplice.
— De quoi m'accuse-t-on ? — Ciel ! vous le demandez !
Envers ce bon Rouget vos affreux procédés

Ont enflammé le Roi d'une telle colère,
Qu'à vos deux ennemis rendus à la lumière,
Il a livré Beslin ; ceux-ci l'ont dévoré.
— La chose étant ainsi, me voilà rassuré.
Je vous suis à la Cour, et je vais m'y défendre.
— Y pensez-vous grands dieux ! qu'allez-vous entreprendre ?
— Ne craignez rien, chacun bientôt sera pour moi,
Voyant que sans terreur j'ose aborder le Roi.
— Je me rends, mais je crains que votre folle envie
D'un tardif repentir ne soit bientôt suivie.

L'homme adroit et rusé possède le savoir
De vaincre des périls qui semblent sans espoir.

CHAPITRE XVIII.

On peut s'imaginer, mais on ne peut décrire
Quel fut, lorsqu'à leurs yeux reparut le beau sire,
Des Seigneurs de la Cour l'extrême étonnement.
Le Roi même en resta dans l'ébahissement...
« Viens-tu dans mon palais pour m'insulter encore,
dit-il, et le trépas qu'en vain mon cœur déplore,
Ne doit-il pas suffire à ta témérité ? »
« J'ignore absolument ce qui m'est imputé,
Sire, dit Trigaudin d'un air plein d'assurance,
Et j'arrive en ces lieux, guidé par l'espérance

De vous trouver content du précieux paquet ;
Dont j'ai chargé pour vous et Beslin et Rouget.
Je les aurais tous deux accompagnés moi-même,
Si l'état dangereux de l'épouse que j'aime
Ne m'eût près de sa couche enchaîné loin d'ici. »
— Je ne peux nettement concevoir tout ceci.
Prouve ton innocence, ou bien ta mort est prête.
Le bélier de Rouget a rapporté la tête
Enfermée en un sac où n'étaient nuls bijoux.
J'ai cru, dans les transports de mon premier courroux,
Qu'ensemble vous aviez concerté ce grand crime,
Pour insulter par là ma dignité sublime ;
Et j'ai livré Beslin à Glouton, à Grosbrun
Qui s'en sont régalés l'un et l'autre en commun.
Ciel ! reprit Trigaudin, quelle mésaventure !
Il pourrait seul répandre une lumière pure
Sur les secrets motifs de ces affreux malheurs.
Voici ce que je crois : sans doute des voleurs,
Soupçonnant que Beslin emportait des richesses,
L'auront environné pour saisir les espèces ;
En voulant s'opposer à ces vils scélérats,
Rouget aura subi les horreurs du trépas.
Et, par raffinement du crime qui les souille,
Ces infâmes bandits auront par sa dépouille
Dans le sac remplacé les précieux bijoux.
Beslin (pour un poltron nous le connaissions tous)
Ayant trop peu de tête en ce péril extrême,
Pour avoir aperçu l'horrible stratagème,

Se sera vers la Cour pressé de revenir,
Et n'aura de Rouget gardé nul souvenir.
Mais, Sire, des bijoux qu'ils devaient vous remettre,
Par bonheur, j'ai l'état sur le dos d'une lettre.
Ils sont pour la plupart de diamans et d'or,
Mais pour l'œil exercé plus précieux encor
Par l'éclat du travail qui savamment les orne :
Un peigne recourbé de corne de licorne,
Enrichi de brillans et sur ses bords sculpté ;
Où la main de l'artiste avait représenté
Les grâces à Venus attachant sa ceinture ;
Un collier de rubis, admirable parure,
Et quatre bracelets d'un ouvrage charmant,
Puis une large bague où brille un diamant,
Qui retrace aux regards le lion de Nemée,
D'où sort de vos aïeux la tige renommée.
Cet odieux forfait, je ne l'ai point commis,
Sire ; on n'en peut douter : mais si mes ennemis
S'élèvent de nouveau contre mon innocence,
Au moyen qui s'emploie en pareille occurrence,
J'offre de recourir pour me justifier,
J'offre aux accusateurs le combat singulier.

Par le doute obscurci le crime est plein d'audace
Et fait tout concourir à parer sa disgrâce.

CHAPITRE XVIII.

Cependant le Monarque, en dépit de tout l'art
Qu'avait à sa défense apporté le renard,
Paraissait incertain de ce qu'il devait faire;
Ses yeux étaient toujours enflammés de colère,
Et ceux que du renard intéresse le sort,
Tremblaient d'ouïr porter la sentence de mort.
La Reine, plus crédule, ou bien dans l'espérance
Qu'enchaînant Trigaudin par la reconnaissance,
Son bienfait dignement serait récompensé,
S'approcha du lion, et l'ayant embrassé,
Afin qu'à sa demande il fût plus exorable:
Ne sois pas, lui dit-elle, au renard implacable;
Il peut en nous servant encor se racheter,
Du meurtre de Rouget on le doit acquitter;
Puisqu'il n'est pas constant qu'il ait commis ce crime,
Et quant aux autres faits que la haîne envenime,
A la justice il faut que nous laissions son cours.
Je ne veux point prêter de coupables secours;
Et, si d'après les lois, on juge qu'il périsse,
Je serai la prémière à presser son supplice.
Ces instances du Roi désarmant le courroux,
Du meurtre de Rouget Trigaudin fut absous.
Mais le lion voulut qu'il restât sous sa vue,
Et que la liberté ne lui fût point rendue,

Qu'il n'eût auparavant pleinement réfuté
Ce qui par les plaignans lui serait imputé.
Aussitôt Croasson le premier se présente.
Sire, j'avais, dit-il, une épouse charmante
Qui m'avait inspiré la plus fidèle ardeur.
Certain jour, de la faim éprouvant la rigueur,
Elle vit, du sommet d'une vieille masure,
Un fumier qui semblait abonder en pâture.
Sans nulle défiance elle y vole soudain;
Mais, à son arrivée, aussitôt Trigaudin
S'élançant de dessous la saisit à la gorge,
Et malgré sa prière, au même instant l'égorge.
C'est un vil imposteur, s'écria le renard;
Grand Prince, vous voyez qu'il ment sans aucun art,
Et de mes ennemis gagne mal le salaire.
Il est vrai qu'en cherchant ma pâture ordinaire,
Je vis un corbeau mort gisant sur un fumier,
Et que je dévorai ce dégoûtant gibier;
Mais aurais-je donc su lui dérober la vie,
Tandis que dans les airs, au gré de son envie,
Il pouvait loin de moi, prompt comme un trait, s'enfuir.
Cette accusation ne se peut soutenir;
Elle est sans fondement; déclarez-le donc, Sire;
Ou sinon commandez au corbeau de souscrire
A la lutte que j'offre à tout accusateur.
Croasson qu'effrayait un semblable jouteur,
Plutôt que de courir une chance inégale,
Aima mieux étouffer sa douleur conjugale.

S'avançant après lui, Sire, dit Musillard,
Si j'accuse aujourd'hui devant vous le renard,
Ce n'est pas sans motifs; plus d'une cicatrice
Empreinte sur ma peau réclame assez justice.
Et ces témoins sanglans de son atrocité
Trop bien de mes discours montrent la vérité.
Non loin de Malperdu j'avais mon domicile;
Sur la foi des traités, j'y vivais fort tranquille,
Ne faisant aucun tort au seigneur Trigaudin,
Toujours me conduisant en excellent voisin,
Et soigneux d'éviter de lui porter quelqu'ombre.
Après bien des refus, ses prières sans nombre
A l'aller visiter m'entraînèrent un jour.
A mon premier abord dans son vaste séjour,
Je n'eus de Trigaudin nullement à me plaindre;
Mais après quelque temps il s'ennuya de feindre,
Et se jetant sur moi, voulut me dévorer.
De ses griffes pourtant je sus me retirer;
Mais plus que demi-mort, mais couvert de blessures.
Sire, de la justice entendez les murmures,
Et vengez dignement le plus noir des forfaits.
— Ah Sire! Musillard dénature les faits,
Répartit Trigaudin; de sa douleur amère
Les motifs sont issus d'un combat nécessaire.
J'étais fort son ami, chez moi le recevais,
Lui donnant à dîner du mieux que je pouvais.
Un jour un de mes fils, par un pur badinage,
Lui voulut dérober un peu de son potage;

Au lieu de se prêter à ce folâtre accueil,
Musillard d'un grand coup lui fit sauter un œil.
Pour tirer du lapin une prompte vengeance,
La mère furieuse au même instant s'élance.
Peut-être un peu trop loin l'emporta son ennui ;
Et sans moi Musillard ne pourrait aujourd'hui,
Fabriquer sans pudeur un récit détestable.
Donc encor de ce fait je ne suis point coupable.
Au reste je persiste en l'offre du combat,
Seul moyen d'arrêter le concours scélérat
Des calomniateurs soudoyés pour me nuire.
Ce ne sera pas moi qu'alarmera ton ire,
Cria Glouton, je vais prouver à tous les yeux
Que de pire que toi rien ne vit sous les cieux.
Tu n'as pas oublié qu'un jour cherchant fortune,
En voyant dans un puits l'image de la lune,
Tu crus voir un fromage, et pour te bien choyer
Tu sautas dans ce puits, où tu t'allais noyer,
Quand tu fus par mes soins tiré du précipice ;
Et dès le lendemain, pour prix de ce service,
Tu méditas la mort de ma tendre moitié.
Les vivres nous manquaient ; cet excommunié
Sur le bord d'un étang la conduisit lui-même,
Et, feignant qu'à la pêche il faut ce stratagême,
Il lui persuada de lier fortement
Une nasse à sa queue, et le froid étant grand,
Il comptait l'amuser jusqu'à ce que la glace
L'eût invinciblement enchaînée à sa place.

Elle vit, par bonheur, le danger, mais bien tard.
Appelant à son aide aussitôt le renard,
Elle obtint pour réponse une amère ironie.
Telle fut sa colère en se voyant trahie,
Que ses longs hurlemens, redits par les échos,
Firent prendre la fuite à l'auteur de ses maux.
Mais de manans au bruit il survint une troupe;
Ma femme du trépas allait tarir la coupe,
Quand, redoublant d'effort à l'aspect du danger,
Elle sut de la nasse enfin se dégager,
Y laissant de sa queue une bonne partie.
J'omets de détailler l'odieuse série
De mille autres forfaits qu'il commit envers moi,
Et dont le long récit fatiguerait le Roi.

Pour échapper aux coups du sort qui le menace,
Le méchant sait user et de ruse et d'audace;
Cependant tôt ou tard, Dieu s'absolvant d'erreur,
Le crime a son bourreau, la vertu son vengeur.

CHAPITRE XX.

Le renard ne fut point en peine que répondre,
Et bien loin que Glouton eût paru le confondre,
Il lança contre lui des sarcasmes amers,
L'accusant d'être sot plus encor que pervers,

Et surtout le raillant de sa poltronerie.
Vil calomniateur, dit Glouton en furie,
D'un duel sans pardon je te dicte la loi,
Et veux purger la Cour d'un monstre tel que toi.
Permettez que ce soit, Sire, en votre présence
Qu'il reçoive de moi sa juste récompense.
Mon gage, ajouta-t-il, le voici; Trigaudin,
Si telle est ta folie, ose y porter la main.
Eh bien! dit le renard, en relevant le gage,
Dès demain nous verrons si ton fameux courage
Ne démentira point cet orgueil nonpareil;
J'accepte ton défi. Pour plus grand appareil,
Et, pour se conformer aux antiques usages,
Le Roi des deux rivaux exigea des otages
Qui fussent les garans que les lois de l'honneur,
Durant tout le combat, régleraient la valeur.
Dominant au renard s'offrit avec Agile.
A son ancien ami s'empressant d'être utile,
Moustache avec Grosbrun cautionna Glouton.
Promptement l'on construit par ordre du lion
Deux échafauds dont l'un à l'autre fera face.
Les juges du combat sur l'un d'eux prendront place,
Et sur l'autre élevé, l'heureux couple royal
Verra de ce duel le dénoûment fatal.
Chacun des deux partis emmena plein de zèle
Celui dont il venait d'embrasser la querelle.
Le brave Trigaudin, avec son alentour,
Alla chez la guenon, qui logeait à la Cour,

Il va, dit celle-ci, vous sembler fort étrange
Que touchant un combat, moi portant la fontange,
Je m'arroge aujourd'hui de donner des conseils;
Mais j'ai vu plusieurs fois des spectacles pareils,
Et d'ailleurs en lisant j'ai formé mon génie.
Vous aurez à lutter contre forte partie;
Et si votre rival avait toutes ses dents,
Je prévoirais pour vous les plus noirs accidens.
Et même dans ce jour, à vous parler sans feindre,
Ses forces sont encore infiniment à craindre;
Et, s'il vous saisissait, le seul poids de son corps
De vos poumons pressés briserait les ressorts.
Du vent et du soleil recherchez l'avantage;
L'un de poudre sur lui répandant un nuage,
L'autre de son éclat lui fatiguant les yeux,
A ses regards troublés vous échapperez mieux.
Que la légèreté soit votre arme ordinaire;
Surtout ne l'attaquez jamais que par derrière,
Vous ne risquerez rien par les difficultés
Que toujours il éprouve à plier ses côtés.
Mais lorsque vous verrez sa vigueur épuisée,
Vous élançant sur lui, d'une victoire aisée,
Sans courir de péril, vous cueillerez le fruit.
Songez par ce combat où vous serez conduit;
Et qu'en sortant vainqueur vous forcez au silence
De tous vos ennemis l'odieuse insolence.
Tout le reste du jour donnez-vous au repos,
Demain pour le combat vous serez plus dispos.

J'aurai soin que, pour vous devenant favorable,
Le cuisinier du Roi pourvoye à votre table.
De son côté Glouton suivi de ses amis,
Dont aux plus hauts emplois chacun était commis,
Regagna le château qu'il tenait de sa race.
Du faible Trigaudin tous méprisaient l'audace,
Et se rejouissaient de voir dans le combat
Périr le lendemain cet affreux scélérat.

Toujours un ennemi doit causer des alarmes.
Un excellent conseil vaut d'excellentes armes.

CHAPITRE XXI.

A peine avaient brillé les prémices du jour,
Que déjà le sommeil avait fui de la Cour.
Et ceux qu'intéressait cette lutte fameuse,
Et des indifférens la foule curieuse,
Pour être bien placés s'empressaient à la fois.
Sitôt que le soleil a redoré les toits,
De la Reine suivi, le Monarque s'avance.
Le tigre et Pomelé, connus par leur vaillance,
Et par le Roi choisis pour juges du combat,
Sont conduits à leur place avec beaucoup d'éclat.
Presqu'au même moment les champions paraissent,
Autour d'eux leurs amis et leurs parens s'empressent,

En face l'un de l'autre ils les placent tous deux,
Et laissent le champ libre au couple belliqueux.
Les regards de Glouton respirent la vengeance;
Il attend le combat avec impatience,
Et bondit pour montrer son aspect martial.
Trigaudin reste calme. On donne le signal.
Glouton sur le renard soudain se précipite;
Celui-ci de côté faisant un saut évite,
Et blesse en s'éloignant son terrible agresseur.
Le sang coule; Glouton pousse un cri de douleur,
Et fougueux, de nouveau court sur son adversaire.
Derechef Trigaudin esquive sa colère;
Et pour l'avis reçu plein de docilité,
S'enfuit contre le vent avec agilité,
De sa queue affectant de balayer la plage,
Afin que de poussière un plus épais nuage
Vole derrière lui sur l'aile des autans.
Par ce manége adroit continué long-tems,
Glouton se voit contraint, ne respirant qu'à peine,
De suspendre sa course afin de prendre haleine.
Comment, après avoir en héros débuté,
Déjà, dit Trigaudin, te voilà rebuté!
Je ne m'attendais pas à si peu de constance;
Cependant le combat à peine encor commence;
Moi je vais te montrer que je suis aujourd'hui
Plus que toi patient: au même instant sur lui
Il s'élance, et lui fait trois ou quatre blessures
Avant qu'il ait encor pu prévoir ses morsures,

Glouton par la fureur est ranimé soudain,
Et tente une autre fois de saisir Trigaudin.
Mais celui-ci recourt au même stratagème,
Et de nouveau s'enfuit d'une vitesse extrême.
En vain Glouton lui crie : attends-moi, scélérat,
Nous ne pouvons ainsi terminer le combat..
Cependant, en dépit de sa rare prudence,
Et de l'agilité qui faisait sa défense,
A la fin le renard, dans un angle adossé,
Est atteint par Glouton et sous lui terrassé.
Soudain l'on aurait vu sa dernière heure éclore,
Si le loup avait eu toutes ses dents encore.
Néanmoins ce dernier, redoublant ses efforts,
Le suffoque oppressé sous le poids de son corps
Et même, ayant au cou saisi son adversaire,
Avec tant de vigueur et le presse, et le serre,
Que la langue lui pend hors d'une gueule en feu,
Et qu'il semble devoir expirer avant peu.
Alors tous ses amis sont glacés de tristesse,
Alors ses ennemis, par un cri d'allégresse,
Applaudissent d'avance au succès du vainqueur,
Qui pour reprendre haleine est, malgré son ardeur,
Obligé de suspendre un effort qui le lasse.
Trigaudin en profite en lui demandant grâce.
« Daigne me pardonner, ô valeureux Glouton,
Lui dit-il, de la vie accorde moi le don.
Sur moi je reconnais ton entière victoire,
Et promets d'accepter, devant cet auditoire

Toute condition qu'il te plaît d'imposer.
Quel fruit dans mon trépas peux-tu te proposer ?
Ta gloire et ta grandeur n'en seraient point accrues,
Tandis que pardonner t'éleverait aux nues.
Et d'ailleurs je saurai, sensible à ta bonté,
Etre pour ton bonheur de quelqu'utilité.
Je connais des endroits où le gibier fourmille,
Et je t'en fournirai pour toute ta famille.
Ah ! laisse-toi fléchir à mes pleurs, à mes cris,
Aux douleurs de ma femme, aux larmes de mes fils;
Je publîrai partout tes vertus, ta clémence. »
A ces conditions conserve l'existence,
Je pardonne tes torts, répond le fier Glouton,
Que de son adversaire a désarmé le ton;
Sache en te corrigeant faire oublier ton crime,
Et par le repentir reconquérir l'estime.
A peine de la sorte il s'était exprimé,
Qu'il lâche l'ennemi sous ses pieds comprimé.
C'est là ce que du traître attendait l'espérance.
Se redressant soudain, sur Glouton il s'élance,
Sur Glouton qu'il surprend et que la paix déçoit,
D'un affreux coup de griffe il lui crève l'œil droit,
Et lui fait sur le front une large morsure.
Des flots d'un sang épais coulant de sa blessure,
Ont privé ses regards de la clarté des cieux;
Et dès lors le combat cesse d'être douteux.
Ne pouvant attaquer, ne pouvant se défendre,
Affaibli par le sang qu'il venait de répandre,

Le loup tomba bientôt sur la poudre étendu :
Et le reste de vie en son sein répandu
Lui fut, malgré ses pleurs et malgré sa prière,
Arraché sans pitié par son traître adversaire.
Les amis de Glouton rendirent à son corps
Les honneurs qui sont dus aux plus illustres morts;
Et leur nombreux cortége, en pompe solenpelle,
Suivit jusqu'au tombeau sa dépouille mortelle.

Trop souvent le bon droit n'est pas le plus heureux.
La ruse vaut parfois plus qu'un bras vigoureux.
Mais qu'outrageant la ciel, le terre et leurs justices,
L'affreuse trahison mérite de supplices !

CHAPITRE XXII.

Sitôt que la trompette a d'un son argéntin
Proclamé le succès de l'heureux Trigaudin,
On voit de ses amis la cohorte pressée
Pour le féliciter accourir empressée :
Agile est à leur tête avec ses partisans;
Et même ils sont suivis de plusieurs courtisans,
Qui de beaucoup de haine ont envers lui fait marque.
En triomphe conduit jusqu'aux pieds du Monarque,
Le renard en obtint l'accueil le plus flatteur.
J'ai pour vous, lui dit-il, fait des vœux en mon cœur,

Et, durant quelque temps, tremblé pour votre vie.
Trigaudin s'inclinant : Je vous en remercie,
Grand Roi, répondit-il ; contre moi conjuré,
Ce matin pour Glouton chacun s'est déclaré ;
Certain nombre d'amis seul m'est resté fidèle,
Et je n'oublîrai point cette marque de zèle ;
Cependant de bon cœur à tous mes ennemis
Je pardonne, et je jure à vos regards soumis,
De ne penser jamais à goûter la vengeance.
Si jadis quelqu'erreur souilla mon innocence,
Veuillez n'y plus songer, et ne fixer vos yeux
Que sur mon repentir et mes desseins pieux.
Oui, de l'adversité la salutaire épreuve
Enfin a su dans moi créer une âme neuve.
Si vous le permettez, de vous servir jaloux,
Je viendrai me fixer pour toujours près de vous ;
Et ce jour verra naître une heureuse amnistie,
Pour ceux qui conspiraient contre la dynastie.
J'y consens volontiers, lui répondit le Roi ;
Que des conspirateurs la conduite envers moi,
Sans cesse à l'avenir demeure irréprochable,
Et pour eux dormira mon courroux formidable.
Quant à vous, Trigaudin, l'indicible danger,
Où votre amour pour moi vient de vous engager,
Jamais des Rois ingrats ne croîtra le registre ;
Et de vous je fais choix pour mon premier Ministre.
Ainsi je pourrai vivre avec sécurité ;
Ainsi libre du soin pour l'Etat suscité,

J'aurai les doux loisirs à mes ans nécessaires.
Je vous donne deux mois pour régler vos affaires,
Et conduire à la Cour Hermine et vos enfans,
Qui vivront sous mes yeux heureux et triomphans.

CONCLUSION.

Secondé par les coups d'une heureuse tempête,
Des honneurs le renard ayant atteint le faîte,
Pour revoir Malperdu partit le lendemain.
Chacun l'accompagna ; même le souverain
Daigna, près d'une lieue, aller à sa conduite.
Par l'espoir du trésor la Reine encor séduite,
A l'oreille lui dit : « surtout rappelez-vous
Des fonds dont j'ai besoin à l'insçu d'un époux. »
Il promit qu'envers elle il serait bientôt quitte,
Des flatteurs cependant l'escorte enfin le quitte.
Seuls quelques amis vrais sont encor près de lui.
La perle des neveux, son immuable appui,
Dominant entr'eux tous tenait le rang suprême.
Néanmoins avant peu cette bande elle-même,
Sentant que Trigaudin si long-temps agité
Devait former des vœux pour la tranquillité,

Partit, et le laissa gagner seul sa demeure.
Le danger qu'il venait de courir tout-à-l'heure,
Et l'extrême bonheur qui l'avait cette fois
Soustrait au châtiment prononcé par les lois,
L'auraient dû pour jamais obliger à bien vivre ;
Mais souvent l'habitude empêche de poursuivre
Le chemin qu'on a pris pour se rendre meilleur ;
Et des plus beaux desseins le penchant est vainqueur.
Trigaudin instruisit son épouse chérie
Des périls surmontés encor par son génie,
Et du rang élevé qu'il tenait à la Cour.
Hermine, respirant la douceur et l'amour,
Ne put se réjouir de dignités acquises
Et par tant de périls et par tant de feintises ;
Elle félicita néanmoins son époux
D'un sort qui lui devait faire tant de jaloux ;
Tout en le suppliant de changer de conduite,
Et de se comporter tellement dans la suite
Que tous ses ennemis désirassent en vain
De pouvoir le noircir auprès du Souverain.
Quelque temps le renard agit comme un vrai sage,
Des applaudissemens signalaient son passage ;
Cette gloire était due à la stricte équité
Qui de ses jugemens sauvait la dignité.
Le Monarque ébloui de ses vertus soudaines,
Du Royaume en ses mains abandonnait les rênes.
Cependant avant peu le mauvais naturel
Reprit sur Trigaudin son pouvoir criminel ;

Et, sans plus s'arrêter à l'effroi des supplices,
Il osa consommer d'affreuses injustices.
Ce ministre inspirait une telle frayeur,
Le Monarque pour lui montrait tant de faveur,
Que chacun sur ses torts restait dans le silence.
Mais l'éclat des grandeurs aveuglant sa prudence,
Il osa se brouiller même avec la guenon,
Elle qui de la Reine était le factoton,
Elle dont les conseils avaient fondé sa gloire.
Songeant à se venger d'une action si noire,
A tous ses ennemis Agile offrit secours,
Et pour combler sa perte à la Reine eut recours.
Celle-ci qu'irritaient les trop longues défaites,
Qu'apportait le renard au païment de ses dettes,
D'Agile avec ardeur suivit les intérêts,
Et sut faire mouvoir des ressorts si secrets,
Qu'avant d'avoir prévu sa disgrâce suprême,
Trigaudin fut saisi par sa garde elle-même.
Alors surtout alors Trigaudin de ses yeux
Put voir combien le crime est partout odieux.
Partout de son malheur la nouvelle authentique
Suscita des transports d'allégresse publique;
Partout on dépêcha de nombreux députés
Pour prouver les délits au ministre imputés.
Ses parens, ses amis, ses domestiques même,
L'abandonnèrent tous à son malheur extrême.
Seule de son époux prévenant les besoins,
Hermine constamment lui prodigua ses soins;

Et des juges sans cesse invoqua la clémence,
Enfin pour Trigaudin s'éteignit l'espérance.
Il subit les horreurs d'un tourment solennel,
Destin trop doux encor pour un tel criminel.

Quiconque des vertus a déserté la voie
D'un juste châtiment tôt ou tard est la proie.

FIN.

POÉSIES

DIVERSES.

QUATRAINS.

LE méchant ne connaît ni crime, ni devoir.
Adroit caméléon, feindre est son art suprême ;
Il insulte au malheur, flatte et hait le pouvoir.
Ses désirs sont ses lois, et son Dieu c'est lui-même.

CONSTANCE DU SAGE.

Rien ne saurait du Sage ébranler la constance ;
Il porte sans fléchir les plus affreux revers ;
Et d'une mort cruelle observant la présence,
Calme il verrait sur lui s'écrouler l'univers.

SUR UN ORAGE.

La foudre dans les airs roule, mugit, éclate.
La terre en est frappée, et l'inflexible Hécate
Tremble que tout-à-coup les abîmes ouverts
N'introduisent le jour au centre des enfers.

SUR LA FIN DU MONDE.

Pour la dernière fois brille et tombe la foudre.
Le souffle du Très-haut a desséché les mers.
Les astres fracassés disparaissent en poudre ;
Et l'informe chaos succède à l'univers.

CHARADE ADRESSÉE A M.me***

Rome a vu ses héros briller sur mon premier.
Alors que les frimas attristent la nature,
Mon second du beau sexe est la chaude parure.
Et vous qui me cherchez vous êtes mon entier.

AUTRE.

Une voyelle est mon premier ;
Mon second figure en musique,
Et l'on goûte un bonheur unique,
Lorsqu'on possède mon entier.

AUTRE.

Mon premier, cher lecteur, est fort près de ta tête :
Mon second fait vacarme, annonce la tempête.
Des timides vertus asile respecté,
Mon tout est le sejour de la tranquillité.

ÉPITAPHE.

Passant, songe à la mort;
En me voyant, prévois le sort
De ton être.
Comme toi je vêcus;
Et dans un jour, dans un moment, peut-être,
Ainsi que moi tu n'existeras plus.

STANCES
SUR L'HOMME.

Ah! que le sort de l'homme est peu digne d'envie!
En commençant à vivre il commence à pleurer,
Comme s'il provoyait les tourmens de la vie,
Où le courroux du ciel vient de le faire entrer.

Bientôt avec rigueur un noir pédant l'enchaîne,
Le force de pâlir sur de sots rudimens,
Lui dit que pour apprendre il faut braver la peine,
Et, la férule en main, l'assassine dix ans.

Il entre dans le monde : il n'y voit que mensonges,
Que chagrins renaissans, qu'éternelles douleurs.
Le bonheur, les plaisirs n'y sont que de vains songes,
Qu'efface sans retour le souffle des malheurs.

Comment ne pas haïr l'instant qui nous vit naître,
Lorsque par nos destins nous vivons pour souffrir?
Comment ne pas aimer l'instant de cesser d'être,
Lorsque durant nos jours nous souffrons pour mourir?

ÉLÉGIE.

Le Soleil dans les flots amortit sa lumière.
Le triste villageois regagne sa chaumière.
Le bœuf libre du joug, et, quittant le sillon,
Lentement fait mugir les échos du vallon.
Déjà l'on n'entend plus que l'onde qui murmure,
Et le deuil de la nuit embrasse la nature.
Partout règne la paix, hors au fond de mon cœur.
Je fuis de mon séjour, seul avec ma douleur;
Je m'avance au hasard à travers les ténèbres,
Et parcours lentement des bocages funèbres,
Où gisent oubliés tant d'hommes généreux,
Dont l'audace et la mort ont illustré ces lieux.
Tout-à-coup un éclair, en brillant sur la nue,
A rendu les objets palpables à ma vue.
Un antique château se montre à mes regards.
J'y dirige mes pas. Bientôt de toutes parts
En sourds bourdonnemens retentit le tonnerre,
Il approche, il redouble, il fait trembler la terre:
Le ciel verse des feux avec l'onde; et les vents
Remplissent la forêt d'horribles craquemens.
Ce spectacle convient à mon âme éperdue,
Et ma course un instant n'en est pas suspendue.

Mais déjà du château le toit décoloré
M'offre contre la pluie un rempart assuré.
De vastes corridors, où du morne silence
Dès long-temps nul mortel n'a troublé la puissance,
Retentissent au loin sous chacun de mes pas,
Et du ciel enflammé prolongent les éclats.
Je me plais à marcher sous ces portiques sombres.
Cependant fatigué d'errer au sein des ombres,
Sur un vaste fauteuil, dont les membres pesans,
Aussi bien que des vers ont triomphé des ans,
J'essaye à mettre un terme à ma pénible veille.
Tout-à-coup un bruit sourd a frappé mon oreille.
J'entends dans le lointain des chaînes retentir,
Et de longs hurlemens de ces voûtes sortir.
Le bruit de plus en plus s'approche; je découvre
Une trape d'airain qui d'elle-même s'ouvre,
Et, sur ses gonds rouillés roulant avec fracas,
Vomit un spectre affreux qui s'avance à grands pas.
Ses os sont décharnés, sa stature est immense,
De l'orbe de ses yeux un feu sombre s'élance;
Un linceul, parsemé de flammes et de sang,
D'effroyables lambeaux environne son flanc;
Il agite en ses mains une chaîne pesante;
Et dans tout son aspect respire l'épouvante.
Il m'aperçoit, s'arrête et des cris mugissans
S'échappent de sa bouche et forment ces accens:
« Pourquoi de ces débris troubler la solitude?
Mortel audacieux! Par quelle inquiétude

Dans l'ombre de la nuit, as-tu porté tes pas
Vers ces lieux dès long-temps consacrés au trépas ?
Ton âme, je le vois, par les maux affaiblie,
Se nourrit des erreurs de la mélancolie ;
Tu te berces encor des rêves de l'espoir.
Quoi donc ! ne sauras-tu jamais apercevoir
Qu'en cherchant le bonheur on cherche une chimère ;
Qu'espérer est l'appât qui, trompant le vulgaire,
Le tient toujours soumis aux malices du sort ;
Et qu'il n'est de repos qu'en les bras de la mort ?
Aussi moi j'ai vécu ; je connus la puissance,
les talens, les honneurs, les trésors, la science ;
En un mot des humains ce qu'appellent les vœux,
Je le possédai tout, et ne fus pas heureux.
L'existence de l'homme est un affreux voyage,
Où sans cesse un torrent s'oppose à son passage.
Dès qu'il a franchi l'un il en trouve un nouveau,
Jusqu'à ce qu'il arrive au port, c'est au tombeau.
Je veux sécher tes pleurs. Quittons ces lieux ensemble,
Et que la même tombe à jamais nous rassemble. »
A ces mots il se baisse, et de ses bras affreux
Mon corps entier ressent le froid cadavéreux.
Alors l'effroi m'éveille, et je vois que mon songe
Est une illusion du chagrin qui me ronge.

ÉLOGE

DE LA VIE CHAMPÊTRE.

AIR : *Femme sensible.*

Qu'on est heureux, lorsque loin de la ville,
Loin des soucis qui dévorent les cours,
Près d'un ami, dans un champêtre asile,
De ses destins on suit en paix le cours !

La paix de l'âme habite les campagnes;
Aux vains honneurs, aux somptueux palais
Elle préfère un hameau, des montagnes,
D'humbles ruisseaux et des ombrages frais.

Combien l'aspect d'un bois, d'une prairie
Plus vivement satisfait les regards
Que tout l'éclat de l'humaine industrie !
La moindre fleur éclipse tous les arts.

AIR : *Femme qui voulez éprouver....*

ENFIN le départ des autans
Permet aux échos plus paisibles
De répéter les tendres chants
Qu'amour inspire aux cœurs sensibles.
Partout renaissent les plaisirs.
Les doux accens de Philomèle
Témoignent ses pressans désirs.
Hâtons-nous d'aimer avec elle.

Tout s'embellit dans nos climats.
Le doux réveil de la nature
Rend aux bosquets tous leurs appas,
A Flore toute sa parure.
Vous qui languissez près des Rois,
Toi qui sous le chaume reposes,
Joignez vos accords à ma voix,
Et chantez la saison des roses.

Amis, couronnons-nous des fleurs
Que le doux printemps fait éclore ;
Aux voluptés livrons nos cœurs,
Tandis qu'il est possible encore.
Profitons de notre printemps,
Pour semer sous nos pas des roses ;
Seul un tombeau dans quelques ans
Nous restera de tant de choses.

Air : *Je l'ai planté, etc.*

Vainement, d'une voix touchante,
J'ai voulu chanter les héros ;
Et dire leur gloire sanglante,
Source cruelle de nos maux.

Sous mes doigts la harpe argentine
Ne soupire que les amours ;
Et toujours je chante Pauline,
Parce que je l'aime toujours.

LA

MATRONE D'EPHÈSE.

Air : *Le comte Aury, etc.*

Jadis d'Ephèse
La Matrône, dit-on,
Comme Thérèse,
Se livrant à l'oraison,
Ne goûtait d'aise
Qu'au temple et dans sa maison.

Modeste et belle,
Adorant son époux,
Ce n'était qu'elle
Qu'à leurs femmes les jaloux
Pour un modèle
Présentaient dans leur courroux.

Mais en ce monde
Hélas tout doit finir !
En pleurs féconde
La mort vient de lui ravir
L'être où se fonde
L'espoir de son avenir.

De la Matrône
Taisons l'éternel cri ;
Moins que personne
Quand même on l'aurait chéri,
L'usage ordonne
De bien pleurer un mari.

Aussi des larmes
Pour elle sont trop peu.
En ses alarmes,
Elle veut qu'un même lieu
Joigne ses charmes
A l'objet d'un si beau feu.

De cette idée
On la détourne en vain ;
Elle, obsédée
Par son funeste chagrin,
est décidée
A s'éteindre par la faim.

Elle s'enferme
Au tombeau marital,
Et d'un cœur ferme
Contemple l'instant fatal,
Unique terme
De son amour conjugal.

Un militaire
Spirituel et beau,
Nommé Valère,
Gardait, près de ce tombeau,
Un pauvre hère
Pendant du haut d'un poteau.

De sa guérite
Entendant soupirer,
Il court bien vîte
Au tombeau pour s'assurer,
Si dans ce gîte
Quelqu'être pouvait pleurer ;

Et sans obstacle
Descend à tous hasards.
Mais quel spectacle
Le frappe de toutes parts !
Un vrai miracle
D'attraits fixe ses regards.

Toute charmante,
En dépit de son deuil,
Elle est gisante
Sur un funèbre linceuil ;
Et se lamente,
En contemplant un cercueil.

Ah ! dit Valère,
Quel est de vos douleurs
La source amère ?
Elle, toute à ses malheurs,
Au militaire
Ne répond que par des pleurs.

Cette journée
Il la sermonne en vain ;
L'infortunée
Persiste dans son dessein,
Déterminée
A finir son noir destin.

Dès que l'aurore
Annonce un nouveau jour,
Près d'elle encore
Valère étant de retour,
De vivre implore
La dame de son amour.

Jeune et jolie
Et désirer mourir !
Femme accomplie,
Vous qui me faites chérir
Si fort la vie,
La pouvez-vous donc haïr ?

Daignez m'entendre,
Je tombe à vos genoux.
Pourquoi répandre
Des larmes sur un époux,
Qui, froide cendre,
Ne peut plus brûler pour vous!

Veuillez survivre
Du moins quelques momens.
Si de le suivre
Vous promîtes par sermens;
De ne plus vivre
Vous serez toujours à temps.

Enfin la belle
Dit quelques mots tout bas;
Et moins rebelle
Déjà ne refuse pas
En sa gamelle
De partager son repas.

Pour la Matrône
Oubliant le pendu,
Trop l'abandonne
Le militaire éperdu;
L'heure était bonne,
Le pendu fut dépendu.

Alors Valère,
A son tour désolé,
Dit : Ah ! ma chère,
Demain je suis étranglé
Pour ce corsaire
Dont le cadavre est volé.

Non, dit la dame,
Non, Valère chéri,
Non, ma chère âme,
Pendons plutôt mon mari.
Donc pour l'infâme
On pend l'époux favori.

L'AMOUR MOUILLÉ,

IMITÉ D'ANACRÉON.

Naguère à l'instant où la nuit
Arrive au milieu de sa course,
Et que du Bouvier qui s'enfuit
Déjà s'approche la grande Ourse ;
Lorsque dans les bras du sommeil
Goûtant un repos plein de charmes,
Sans prévoir les maux du réveil,
Les mortels sont exempts d'alarmes,

L'ennemi du sommeil, l'amour
Heurta vivement à ma porte.
Qui, m'écriai-je, à mon séjour
Ose donc frapper de la sorte ;
Et se faire un plaisir cruel,
En chassant loin de moi les songes,
De troubler le bonheur réel
Qu'enfantent ces heureux mensonges ?

Ouvre vîte, répond le Dieu ;
Je suis un enfant, sois sans crainte.
Dès long-temps errant dans ce lieu,
J'entre en cette paisible enceinte.
La grêle, la pluie et les vents
Les ombres de la nuit obscure,
Du ciel les feux menaçans
Croissent les tourmens que j'endure.

Je prends pitié du suppliant.
Ma lampe soudain rallumée,
J'ouvre, j'aperçois un enfant;
D'un arc son épaule est armée,
Il a des ailes, un carquois,
Tous ses traits sont remplis de graces.
Le cœur se soumet à sa voix,
Et l'espoir embellit ses traces.

Près du feu je le fais asseoir ;
Ma main presse sa main tremblante,
Et de ses cheveux fait pleuvoir
L'onde sous mes doigts ruisselante.
Dès que l'amour n'est plus glacé ;
Mais, dit-il feignant des alarmes,
Voyons si le ciel courroucé
N'a point endommagé mes armes.

Il tend son arc et dans mon cœur
Lance une flèche trop fidèle ;
Puis il me dit d'un air moqueur,
En s'enfuyant à tire d'aile :
Je te rends grâces de tes soins,
Adieu, cet arc, mon camarade,
Quoique mouillé n'en vaut pas moins ;
Mais je crois ton cœur bien malade.

GUÉRISON D'EMMA.

Air : *Serait-il vrai, jeune bergère, etc.*

A ce teint de lis et de rose
Avait succédé la pâleur ;
Ce beau sein, où l'amour repose,
Perdait son aimable fraîcheur.

Belle Emma, la Parque cruelle
Préparait déjà les ciseaux,
Dont bientôt l'atteinte mortelle,
O Dieux ! allait combler nos maux.

L'Amour, les yeux baignés de larmes,
Eteint les feux de son flambeau ;
Et loin de lui jetant ses armes,
Envie aux mortels le tombeau.

Eh quoi, dit-il, Emma mourante
Succombe à son destin cruel !
Désormais quelle est mon attente ?
L'on va déserter mon autel.

Emma seule dans mon empire
Faisait éclore les beaux jours ;
Pour elle l'univers soupire.
C'était la mère des amours.

Sauvons une si belle vie,
Et que, malgré l'arrêt du sort,
Une divinité chérie
Vienne l'arracher à la mort.

Il part, guidé par sa tendresse,
Arrive aux pieds de la santé ;
Ses pleurs offerts à la déesse
La fléchissent pour la beauté.

Déjà la déesse empressée
Sur les sommets du mont Ida
A recueilli la Panacée
Et volé vers la belle Emma.

O toi qui nous charmes sans cesse,
Sois reconnaissante à ton tour
Et te consacre à la tendresse,
Puisque tu renais par l'amour.

LES SONGES.

IMITATION DE PETRONE.

Non, ce n'est pas des cieux que nous viennent les songes,
Fantômes agissans et visibles mensonges
Qui des faibles humains, durant le cours des nuits,
Sous cent dehors divers abusent les esprits ;
Nous-mêmes enfantons leurs cohortes légères
Et sommes à la fois leurs jouets et leurs pères.
Lorsque sur l'univers secouant ses pavots,
Morphée en tous nos sens fait glisser le repos,
Nos âmes s'échappant de leurs prisons grossières,
Se repaissent en vain de ces vaines chimères.
Et ce qui fut le jour leur crainte ou leur désir,
Cause durant la nuit leur peine ou leur plaisir.
Le guerrier désireux de vivre en la mémoire,
Et qui dans les dangers trouve toujours la gloire,
Croit, durant le sommeil, guider ses bataillons,
Et du sang des vaincus voir fumer les sillons.

L'avocat du palais envisageant l'enceinte,
A l'aspect de son juge est palpitant de crainte.
L'avare croit trouver, ou cacher un trésor.
Le chasseur dans les bois fait retentir le cor;
De sa meute fougueuse il excite la rage.
Malgré les aquilons qui soufflent le naufrage,
Sauveur de son vaisseau, le nautonier au port
Arrive; ou sur les mers n'attend plus que la mort.
L'amante à son amant exprime sa tendresse.
La femme, dont l'époux devinant la faiblesse
A par des soins jaloux entravé le dessein,
Croit sentir son galant palpiter sur son sein.
Des douleurs, des remords sommes-nous les victimes,
La nuit nous offre encor nos pertes ou nos crimes.

DIALOGUS

HORATII ET LYDIÆ.

HORATIUS.

Donec gratus eram tibi,
Nec quisquam potior brachia candidæ
Cervici juvenis dabat;
Persarum vigui Rege beatior.

LYDIA.

Donec non aliâ magis
Arsisti, nec erat Lydia post Chloen;
Multi Lydia nominis
Romanâ vigui clarior Iliâ.

HORATIUS.

Me nunc Thressa Chloe regit,
Dulces docta modos et citharæ sciens :
Pro quâ non metuam mori;
Si parcent animæ fata superstiti.

DIALOGUE

D'HORACE ET DE LYDIE.

HORACE.

Quand t'inspirant des feux que le temps sut éteindre,
Seul je pressais ton sein sur mon sein caressant;
J'ai joui d'un bonheur où ne pourrait atteindre
Des Rois le plus puissant.

LYDIE.

Quand seule à tes regards paraissant accomplie,
Je ne te voyais point brûler d'une autre ardeur,
Je n'aurais pas changé contre le nom d'Ilie
L'éclat de mon bonheur.

HORACE.

Maintenant à Chloris m'enchaîne la constance;
Et son luth et sa voix célèbrent nos amours;
Je n'hésiterais point à perdre l'existence,
Pour prolonger ses jours.

LYDIA.

Me face torret mutuâ
Turini Calais filius Ornithi,
Pro quo bis patiar mori;
Si parcent puero fata superstiti.

HORATIUS.

Quid, si prisca redit Venus?
Diductosque jugo cogit aheneo?
Si flava excutitur Chloe?
Rejectæque patet janua Lydiæ?

LYDIA.

Quamquam sidere pulchrior
Ille est: tu levior cortice, et improbo
Iracundior adriâ:
Tecum vivere amem, tecum obeam libens.

LYDIE.

Du plus beau des Romains, du plus digne d'envie,
De Calaïs mon cœur partage tous les feux ;
Deux fois au dieu des morts je donnerais ma vie
Pour qu'il vécût heureux.

HORACE.

Parle, si pour toujours renaissait notre flamme ?
Si malgré ses attraits j'abandonnais Chloris ?
Si Lydie à mes vœux attendrissant son âme,
Oubliait mes mépris ?

LYDIE.

Oui, quoiqu'il soit plus beau que l'amant de l'aurore,
Et toi si peu fidèle à me garder ta foi ;
Je veux, ô mon ami ! près de toi vivre encore,
Et mourir près de toi.

FABLES.

LE VAUTOUR ET LES DEUX PERDRIX.

Un jour de l'an dernier, au mois de mai je crois,
Certain vautour, grand chercheur d'aventure,
Vit, dans un champ, deux perdrix à la fois.
En saisir une eût été chose sure;
Mais rien n'est moins aisé que de borner ses vœux;
Et le glouton les voulut toutes deux.

L'une loin du vautour gratte dans la poussière,
L'autre lui touche presque et se livre au sommeil.
Pour décider ce qu'il doit faire,
Notre oiseau de rapine à part soi tient conseil
Et, deux secondes, délibère:
« Volons à la plus loin;
De s'occuper de l'autre il n'en est pas besoin;
Puisqu'elle dort, elle m'est assurée. »
Il dit, et s'élança dans la plaine azurée.

Mais aussitôt un chasseur l'aperçut,
Et dirigea vers lui son redoutable foudre.
Le coup n'atteignit point au but,
Il est vrai ; mais à fuir contraint de se résoudre
Le vautour ne peut prendre aucune des perdrix ;
Et ses vœux trop gloutons trouvent ainsi leur prix.

AMBASSADE DES CHIENS A JUPITER.

FABLE TRADUITE DE PHÈDRE.

Trop de respect rend irrespectueux.
Jadis les chiens au Monarque des Dieux
Envoyèrent une ambassade,
Qu'ils composèrent de leur mieux;
Afin que l'illustre brigade
Sût obtenir de Jupiter,
Qu'exempts et de coups et d'opprobres,
Ils eussent un sort moins amer,
Et qu'ils cessassent d'être sobres,
En dépit d'eux et de leurs dents.
L'ambassade mit bien du temps
A parfaire sa longue marche;
Son apetit trop carnassier
L'arrêtait à chaque fumier.
Lorsque Mercure, patriarche
Des auliques introducteurs,
Appela nos ambassadeurs,
Ils restèrent dans le silence.
Enfin, non sans beaucoup de soin,
Les trouvant cachés dans un coin,
Il les entraîne à l'audience.

Quand du grand Jupiter l'éclat brille à leurs yeux,
Dans la crainte qui les transporte,
Devant lui-même, en dépit d'eux,
Tous ont lâché ce qu'à la porte
Eût voulu porter leur cohorte.
(C'est ainsi, dit-on, que la peur
Agit sur les gens sans valeur.)
A l'heure même de la salle
Plus d'un baton les a chassés.
Et contr'eux les Dieux courroucés,
Pour punir cet affreux scandale,
Vous les font conduire en prison.
Durant un fort long intervalle,
N'apprenant d'aucune façon
Ce que devient son ambassade,
Le peuple chien en est malade
Et verse des torrens de pleurs.
Près d'eux enfin la renommée
A trahi les ambassadeurs.
Autre ambassade de formée,
A qui l'on rédige un écrit,
Qui doit lui tenir lieu d'esprit.
Mais, pour qu'une mésaventure
Pareille à l'autre n'arrivât,
Et pour préserver l'odorat,
L'endroit auteur de forfaiture

A chacun des ambassadeurs
Fut avec soin rempli d'odeurs.
Ils sont partis, font diligence,
Soudain obtiennent audience,
Et sur son trône auguste ont pu voir Jupiter.
Le Dieu brandit la foudre et fait briller l'éclair;
L'Olympe en est ému dans son espace immense.
A ce bruit, les ambassadeurs
D'effroi répandent les odeurs,
En y mêlant quelqu'autre chose
Au sentir moins doux que la rose.
Punis comme leurs compagnons,
Pour prix d'une semblable injure,
Ils sont jetés dans les prisons.
De là vient que, si d'aventure
Leurs descendans trouvent un chien
Dont ils ignorent la figure;
Pour voir si c'est un citoyen
De ceux partis pour l'ambassade,
Ils vont, d'un zèle peu commun,
Sentir au nouveau camarade
L'endroit où l'on mit du parfum.

LE BOUFFON ET LE PAYSAN.

FABLE TRADUITE DE PHÈDRE.

Lorsqu'on juge d'avance on juge toujours mal.
La race des humains trop souvent enchaînée
Par un entêtement fatal,
S'obstine à soutenir sa croyance erronée;
Jusqu'au jour où trop tard l'évidence à la fin
La contraint à rougir de sa lourde méprise.

Voulant donner des jeux un sénateur romain
En fit faire l'annonce, et par lui fut promise
A tout auteur de nouveauté
Une pompeuse récompense.
Les bâteleurs vinrent en abondance.
L'un d'entr'eux, fort connu par son habileté
Dans l'art de la bouffonnerie,
Dit qu'il saurait offrir un spectacle imprévu,
Qui sur aucun théâtre encor n'avait paru.
La cité de ce bruit est aussitôt remplie.
Le jour venu,
On s'empresse; les lieux qui long-temps furent vides
Pour la première fois manquent aux spectateurs.
Fixant sur soi tous les regards avides,
Et seul et sans apprêts au milieu des clameurs,

Sur le théâtre enfin notre bouffon s'avance.
La curiosité ramène le silence.
(La curiosité, comme on sait, peut beaucoup.)
Lui met sa tête en son sein tout-à-coup,
Et puis si bien, d'une voix claire,
Contrefait les accens d'un cochon nouveau-né,
Que le vulgaire
Pleinement dupe de l'affaire,
Croit que son manteau cache un porc emprisonné ;
Et dit qu'à l'instant même
Il doit sécouer ses habits.
Il obéit : la surprise est extrême
De voir que rien ne tombe de leurs plis.
Notre homme est comblé de louange.
Quoi dit un paysan, témoin de son succès,
Ceci peut vous paraître étrange ?
Ce n'est rien, moi je vous promets
De faire demain même chose,
Et beaucoup mieux.
L'empressement des curieux
Augmente encore, on se propose
Non d'écouter, mais de railler.
Tous deux venus, le bouffon le premier
Fait entendre sa mélodie.
On applaudit, on se récrie.
Alors le campagnard feint sous son vêtement

De cacher un pourceau, ce qu'il faisait vraiment;
(Mais on ne songeait plus à la supercherie)
Et vous le pince vivement.
Pour exprimer ce qu'il endure,
L'animal fait ouïr la voix de la nature.
Et le peuple aussitôt soutient avec clameur
Que le bouffon est seul un bon imitateur,
Se rit du paysan, le renvoie à ses bêtes.
Mais lui, montrant le porc que cachait son habit,
leur dit:
Voilà qui vous apprend quels bons juges vous êtes.

LE BUCHERON ET LA MORT.

En dépit des tourmens et des chagrins divers,
Que dans son cours ramène chaque année ;
Quelque soit des humains la triste destinée,
A l'aspect de la mort oubliant leurs revers,
Ils aspirent toujours à conserver la vie.
Ce n'est pas leur moindre travers ;
Mais sans cette folie
Que deviendrait notre univers ?
Il n'aurait plus que des déserts.
Voici donc sur cette matière
Ce qu'Esope autrefois contait :
Courbé sous un fagot qu'avec peine il portait,
Un pauvre bûcheron marchait vers sa chaumière.
Il était vieux, infirme ; encore un long trajet
Lui demeurait à faire.
Vaincu par la fatigue et détestant son sort,
Il jette à bas sa charge en invoquant la mort,
Comme l'objet de sa plus vive attente.
Au même instant, apparaît à ses yeux
La déesse effrayante.
Dis-moi ce que tu veux,
Lui cria-t-elle : accablé d'épouvante,
Le vieillard répond aussitôt,
Que tu me charges mon fagot.

ÉPIGRAMMES.

SUR LES ÉPIGRAMMES QUI SUIVENT.

Veux-tu connaître, cher lecteur,
Quel but s'est proposé l'auteur
Dans ces rimes, où tu réclames
Quelque sens, et n'en trouves pas?
Lis bien le titre et tu sauras
Qu'il crut faire des épigrammes.

Certain fat, arrogant comme ils sont d'ordinaire,
De l'avoir nommé sot l'autre jour m'accusait;
Mais il avait grand tort, et la preuve en est claire;
Car je ne dis jamais ce que partout l'on sait.

Tu dis que dans ma famille
Plusieurs perdirent l'esprit;
Mais que ce mal n'atteignit
Des tiens ni garçon, ni fille.
Je te crois bien sur cela;
L'on ne perd que ce qu'on a.

Une rage insensée à me nuire t'entraîne;
Cependant contre toi mon cœur n'a point de haine,
Et puisqu'il faut ici te parler sans mentir,
Je te méprise trop pour pouvoir te haïr.

Pourquoi Damis me montrer tant d'humeur,
Et constamment éviter ma présence?
Sois bien certain que c'est un imposteur
Qui seul soutient qu'aux jours de ta puissance
Je la disais acquise au prix du déshonneur.
Je n'usai point alors d'un tel trait de satyre,
Connaissant trop que, pour notre bonheur,
La vérité n'est pas en tout temps bonne à dire.

Voyez, mon cher Damis, quelle est la calomnie,
On dit que j'ai deux fois déshonoré ma vie !
— Le monde en ses discours, Dorante, est sans pitié ;
Et quand il compte quelque histoire
On n'en doit jamais croire
que la moitié.

Le croirais-tu, mon cher Vadé !
Tout à l'heure je viens d'apprendre
Que depuis long-temps à Clitendre
Cidalise a tout accordé ?
— Tu le tiens d'un menteur peut-être ?
— Non, non ; car menteur ne peut être
L'enfant qui ne vient que de naître.

La fortune par fois nous arrive en dormant,
Dit quelque part notre bon La Fontaine.
Il est bien vrai qu'Aglore et Célimène
Trouvent fortune au lit uniquement ;
Mais ce n'est point pourtant en y dormant.

Tu voudrais, savante Isabelle,
Peindre un visage horrible à voir ;
Mais tu ne peux, dis-tu, rencontrer de modèle.
Sans chercher plus long-temps consulte ton miroir.

Hommes ingrats, avant le mariage,
Dit Lise, en nous tout vous semble parfait.
Apprenez-moi comment donc il se fait
Qu'à vos regards uous soyons l'assemblage
De cent défauts, après le mariage,
Et n'ayons plus rien qui fixe vos vœux ?
— Quoi la raison vous en est inconnue !
C'est que l'amour est privé de la vue
Et que l'himen au contraire a des yeux.

Riche d'attraits, mais pauvre de finance
La jeune Iris, dont je tais le vrai nom,
S'était unie à l'opulent Orgon,
Épais vieillard, à lourde et large panse.
Un jour qu'ensemble ils étaient chez Ermance
Qui, sans tarir, par mille complimens
Vantait d'Iris les divers agrémens ;

Orgon lui dit : c'est avec indulgence
Que vous jugez de l'objet de mon choix ;
Elle n'est pas une femme de poids.
Iris, cédant à son impatience,
Répond tant mieux ! Car, pour le trancher court,
Nous eussions fait un couple par trop lourd.

Certain rimeur, comme on en trouve tant,
Me racontait pompeusement son rêve :
Ah ! me dit-il, que le réveil souvent
Au doux bonheur tristement nous enlève !
Dans mon sommeil, de tous mes envieux
Vainqueur enfin, au sommet du Parnasse
Je remplissais la plus brillante place,
Et répandais un éclat radieux.
Le blond Phébus au temple de mémoire
En lettres d'or inscrivait tous mes vers
Qui, pleins de lustre aux yeux de l'univers,
Allaient offrir les titres de ma gloire,
Et consacrer mon immortalité.
Mais par malheur tout cela n'est qu'un songe !
Non, mon ami, non certe lui réponds-je,
C'est, sans mentir, la contre-vérité.

Je voudrais me masquer, me disait Dorguiser;
Mais tellement qu'on ne pût me connaître;
Conseillez-moi. — Pour se bien déguiser,
Lui répartis-je, il faut paraître
Justement ce qu'on ne ne peut être;
Donc, pour n'être connu de rien,
Masquez-vous en homme de bien.

Certain juge doué d'un assez bon génie,
En écoutant un plaideur sans esprit,
Dans son fauteuil à la fin s'endormit.
Ce que voyant maître Griffard s'écrie:
Monsieur le président, hâtez votre reveil;
Et sans tomber encor dans le sommeil,
De grace je vous prie,
Entendez-moi jusques au bout.
Lors le juge en baillant répartit à notre homme:
Ne sois pas étonné qu'assis je fasse un somme,
Car ton discours est à dormir debout.

Sur Saint-Alban diversement on glose.
L'un dit c'est un phénix, l'autre c'est peu de chose;

Et quant à sa couleur, tel de nous le fait blanc,
Tel bleu, tel autre rouge. Eh bien, pour parler franc,
Et tout concilier sans qu'on dispute encore :
Son esprit est commun, sa couleur tricolore.

Partout Cliton, fier de son plaidoyer,
Dit que des pleurs en furent le loyer,
Tant il était touchant et pathétique !
Oui, j'en conviens, oui, la pitié publique,
Gentil Cliton, bien tu sus émouvoir ;
Non pour les maux d'un destin incroyable,
Mais au rebours, comme on a pu le voir,
Pour ton discours vraiment fort pitoyable.

Griffard prétend qu'il nage dans la joie
Et que ses jours sont tous filés de soie.
Je le crois bien, car l'Evangile dit :
Trois fois heureux sont les pauvres d'esprit.

Tasandre, époux et poëte,
Mauvais sujet, laid comme une chouette,

A des enfans fort beaux et fort honnêtes gens;
Mais tous ses vers sont sots et médisans.
La raison m'en paraît fort claire;
De tous ses vers il est le père,
Et ne l'est pas d'un seul de ses enfans.

Que Florimon a joué de bonheur!
Sur lui du ciel s'épuise la faveur;
Titres, trésors en foule on lui dispense.
A parler franc, néanmoins plus j'y pense
Et plus je vois qu'à ce nouveau seigneur
Il manque encor certaine chose en somme.
—Eh qu'est-ce donc? Presque rien: d'être un homme.

L'Evangile, en effet, quelque part nous atteste
Que peu d'élus au royaume céleste
Seront admis; mais ailleurs il nous dit
Que ce royaume est aux pauvres d'esprit;
Ceci posé, quand du siècle où nous sommes,
Sans passion j'examine les hommes,
Pour le présent ma foi je ne crois plus
Que soit petit le nombre des élus.

RÉPONSE A LA PRÉCÉDENTE.

Certain railleur, dans un méchant écrit
Qu'il baptisa du titre d'épigramme,
Dit qu'il n'est plus aucun homme d'esprit.
De ce chacun s'extasie et le blâme.
Mais moi pourtant n'en suis pas étonné,
Ni pour cela ne lui jette la pierre;
Car que peut dire un pauvre aveugle-né,
Alors qu'il veut juger de la lumière?

Comme orateur, comme guerrier,
Tu crois, au temple de mémoire,
Couronné d'un double laurier,
Obtenir une double gloire:
Pour parvenir à tant d'éclat,
Tu ne prends pas beaucoup de peine;
Tu t'exprimes comme un soldat,
Et te bats comme un Démosthène.

UN TAÏTIEN

AUX FRANÇAIS. (*)

O FORTUNÉ séjour, ô ma chère patrie,
De nouveau tes bienfaits me font aimer la vie!
Loin de toi trop long-temps par mon choix exilé,
Du vice et des forfaits l'aspect m'a désolé.
Hélas! l'espoir flatteur de te revoir encore,
Seul soutenait mes jours dont palissait l'aurore.
Combien il connaît mal le chemin du bonheur
Celui qui, pour remplir tous les vœux de son cœur,
Bien loin de son pays va chercher des contrées,
Que d'un astre plus doux il se feint éclairées!
Il oublie, abusé par des prestiges vains,
Que toujours la nature est sage en ses desseins.

(*) Il a été imprimé en 1760 une brochure intitulée, *Le Sauvage de Taïti aux Français*. J'en ai emprunté plusieurs pensées.

Elle ne fait point naître en mon île chérie,
D'un éternel printemps éternelle patrie,
Ce géant des forêts qui hérissent le nord,
Le pin dont le sommet aime à braver l'effort
Des rigides frimas, des obscures tempêtes.
Chez le Scythe glacé, de leurs suaves têtes
Les brillans orangers n'étalent point les lis.
Chaqu'arbre a son climat, chaqu'homme a son pays.
Mais enfin de retour au lieu de ma naissance,
D'un regard attendri je contemple la France,
Je fais des vœux pour elle, et pour elle mes vers
Vont peindre quelques-uns de ses nombreux travers.
Roi des Taïtiens et cher à ma patrie
Le soin de son bonheur seul occupait ma vie;
Quand le premier vaisseau sur nos bords parvenu
Vient offrir à nos yeux son aspect inconnu.
Nous courons admirer de cette masse énorme
La force et la grandeur, l'élégance et la forme :
Celui qui la commande, et des mains et de l'œil
Sollicite de nous un bienveillant accueil.
Nos signes engageans l'appellent au rivage.
Il y descend suivi de tout son équipage;
Et reçoit les secours de l'hospitalité.
Il apprend notre langue avec facilité,

Me dit de son pays la gloire, les prodiges;
Et moi bientôt, séduit par de brillans prestiges,
Je veux l'accompagner et braver tant de mers
Pour connaître les mœurs d'un nouvel univers.
Mais un instinct plus sûr que n'est la raison même,
Quand je quitte mon île avec un trouble extrême,
Vers elle tourne encor mes pensers et mes yeux;
Et lorsqu'elle s'unit à la voûte des cieux,
Lorsqu'elle disparaît, les pleurs que je comprime
Retombent sur mon cœur que la douleur opprime.
Vains regrets! chaque instant m'en éloigne encor plus.
Tandis que sur les flots nous volons suspendus,
Mes nouveaux compagnons m'apprennent leur langage.
C'est vers le sol français que tend notre voyage.
Nous débarquons. Soudain l'on me mène à Paris.
Là d'abord des objets mon regard trop surpris
Voit tout sans rien pouvoir discerner ni comprendre.
Mais enfin dans moi-même ayant su redescendre,
Alors je comparai votre folle cité
Au tranquille séjour que j'avais déserté;
Et bientôt je connus qu'on paye avec usure
Les plaisirs que l'on cherche en fuyant la nature.
Dans mon île les vins, les perfides liqueurs
N'ont jamais énervé ni l'esprit ni les cœurs.

Les dons du cocotier et l'onde des fontaines
Font toujours circuler la santé dans nos veines.
Le temps sans la douleur nous conduit au tombeau ;
Tel un fruit déjà mur tombe de son rameau.
Vous, sans cesse entraînés par votre inquiétude,
De croître vos besoins vous faites votre étude.
Pour marcher il vous faut des chars et des coursiers ;
Il vous faut des valets, de leur bassesse altiers ;
Il faut, pour embellir votre vaste demeure,
Que des peuples entiers travaillent à toute heure,
Et que, pour subvenir à vos fameux repas,
S'épuisent à la fois mille divers climats.
Votre esprit est léger, votre attention nulle ;
Tout échappe à vos yeux, hormis le ridicule.
Vous avez le plaisir uniquement à cœur ;
Vous payez un bouffon plus cher qu'un précepteur.
Vous plaisantez de tout, même de vos misères.
Vos haines, vos amours sont choses passagères.
L'idole du matin vous la brisez le soir ;
Et votre caractère est de n'en point avoir ;
Mais non, l'ingratitude en semble être l'essence.
A ceux dont le labeur soutient votre existence
Qu'osez-vous accorder en retour ?... le mépris !...
Un tas d'or des humains change-t-il donc le prix ?

Observez ce mortel de ses emplois indigne;
D'ineptie et d'orgueil quel assemblage insigne!
Il se croit un phénix, il doit tout au hasard.
A peine daigne-t-il honorer d'un regard
La foule qu'à ses pieds son pouvoir fait descendre.
Homme insensé, bientôt la mort saura t'apprendre
Que tu n'es que l'égal du reste des humains:
Mais corriger l'orgueil n'est-il pas dans vos mains?
Qu'un dédain mérité succède aux flatteries,
Et bientôt l'orgueilleux voilera ses manies.
Le sage, ami des lois, de l'ordre et de la paix,
Haïssant les flatteurs, ne flatte aussi jamais.
Tous les grands sans grandeur, il les plaint, les évite;
Et, soumis au pouvoir, n'aime que le mérite.
Mais l'orgueil parmi vous cause un mal plus affreux
Et d'autant plus fatal qu'il semble généreux;
C'est de lui que vous vient la fureur de la guerre,
Ou plutôt le désir de subjuguer la terre.
Vous vous rejouissez de voler aux combats.
La mère tout en pleurs presse en vain dans ses bras
Le fils, dernier espoir de ses vieilles années.
L'époux qui commençait d'heureuses destinées,
Et dont l'hymen à peine a couronné l'amour,
Loin de sa jeune épouse est traîné sans retour.

Chacun devient soldat. On s'assemble en tumulte.
L'empire de Cérès au loin demeure inculte.
C'en est fait; l'airain fume, et, par de longs éclats,
Proclame en mugissant le règne du trépas.
Tel qu'un affreux torrent né d'un affreux orage,
Chacun se précipite au milieu du carnage;
Chacun brûle soudain de la soif d'égorger
Des mortels dont jamais il n'eut à se venger.
L'on ne voit que du sang; la terre en est empreinte:
Le soldat s'en enivre et sa droite en est teinte.
Sur lui jaillit le sang de ceux qu'il a vaincus;
Sur lui jaillit le sang des amis qu'il n'a plus.
Spectacle que le ciel et que la terre abhorre!
La mort est le seul dieu qu'en ces lieux on adore.
Contemplez ce jeune homme et lui donnez des pleurs.
Lentement du trépas il subit les horreurs;
Il vit sans nul espoir de conserver la vie.
Faut-il que dans sa fleur elle lui soit ravie!
A peine dix-huit fois il a vu le printemps.
Hélas! sans cette guerre, en ces mêmes instans
Il serait ton époux, inconsolable Ermance!
Il meurt songeant aux lieux si chers à son enfance,
Il meurt en regrettant ses amours imparfaits.
Mais cependant la nuit met un terme aux forfaits.

Les morts sont restés seuls maîtres du champ de gloire,
Et chacun des deux camps s'arroge la victoire.
Le repos a suivi ces instans meurtriers.
Puisse la paix long-temps fleurir dans vos foyers!
Mais quel crêpe funèbre environne la France ?
Partout des échafauds le règne affreux commence.
Et ceux que leur nom seul faisait vivre honorés
Partout sont maintenant sans crime massacrés.
Que dis-je ? la vertu devient illégitime;
Ou la vertu plutôt elle seule est un crime.
La mort n'est plus soumise à l'empire du temps;
Et la jeunesse encore aux jours de son printemps,
Est plus près du tombeau que l'extrême vieillesse,
Heureuse de céder à sa propre faiblesse.
Le fer moissonne tout : non le fer des héros,
Mais le fer dirigé par la main des bourreaux.
Femmes, enfans, vieillards, d'innocence complices,
Sont indistinctement envoyés aux supplices.
De rôles les acteurs changent souvent entr'eux;
Mais toujours aux regards même spectacle affreux.
Toujours des assassins juges de l'innocence,
Et des torrens de sang regorgeant dans la France.
Barbares, n'est-il plus de terme à vos fureurs ?
La mort vous semble-t-elle avoir trop de lenteurs ?

Hélas ! rien n'est moins long que notre courte vie,
Et vous savez en faire une longue agonie.
Pour ces excès cruels vos cœurs n'étaient point faits.
Qui put donc parmi vous enfanter ces forfaits ?
Qui put vous transformer en tigres ? L'égoïsme.
Vous ne voyez plus rien qu'au travers de son prisme.
Et dès lors plus d'amis, plus de concitoyens ;
Dès lors dans un état il n'est plus de liens.
En cherchant le bonheur vous trouvez l'infortune.
Puissiez-vous, affranchis d'une erreur trop commune,
Voir que nul n'est heureux sans le bonheur d'autrui,
Et que l'homme, en un mot, ne vit pas que pour lui !

IMITATION

DU COMMENCEMENT DE LA PREMIÈRE SATYRE

DE JUVÉNAL.

TOUJOURS silencieux dois-je donc écouter
Les détestables vers qu'on me vient réciter ;
Et ne punir jamais de l'ennui qu'ils m'inspirent
Les sots qui contre moi par leurs écrits conspirent !
Codrus m'assourdissant des éclats de sa voix,
D'Alcide tout un jour m'aura dit les exploits ;
L'un lit avec orgueil sa plate comédie,
L'autre d'un ton plaintif sa risible élégie.
Personne assurément ne connaît son séjour
Mieux que moi du dieu Mars les bosquets et l'amour,
Du diligent Vulcain la caverne enflammée,
Et des fougueux autans la redoutable armée ;
Car le meilleur poëte et le pire de tous
N'ont point d'autres sujets qu'ils traitent parmi nous.

Quand des sots écrivains la foule nous accable,
Faut-il donc épargner un papier périssable !
Mais pourquoi, dites-vous, peu sage dans ton choix,
Descends-tu dans l'arène où l'on vit autrefois
Marcher d'un pas hardi le célèbre Lucile ?
En donner des raisons ne m'est pas difficile.
Lorsque je vois Crispus, lui qui fut mon barbier,
Egaler en trésors le sénat tout entier ;
Lorsqu'un vil affranchi, surchargé de richesses,
Etale avec orgueil le fruit de ses bassesses ;
Puis-je ne pas choisir ce genre où dans nos vers
Nous gourmandons les sots, flétrissons les travers ?
Serait-il un mortel tellement insensible
Qu'il pût envisager avec un œil paisible
Cette Rome en vertus si fertile jadis ?
Quel affreux changement ! je retiendrais mes cris,
Quand je vois un Maton, dans la boue hier encore,
Aujourd'hui sur un char que la pourpre décore,
Sur un char orgueilleux qu'il remplit tout entier,
Insulter les passans de son regard altier ?
Qui pourrait exprimer quel torrent de colère
Bouillonne dans mon cœur à l'aspect de Carère,
De ce voleur public qui regorgeant du bien
Dont il priva la veuve et l'enfant sans soutien,

De son train maintenant encombre plusieurs rues !
Balancerais-je encore à dissiper les nues
Qui couvrent ces forfaits, à montrer en tout lieu
D'un satyrique vrai le redoutable feu ?
Je chanterais Hercule, Icare, Diomède,
Dédale, Danaüs, Enée ou Palamède ;
Quand je vois une femme honnête aux yeux de tous,
Par sa feinte tendresse, enchantant son époux,
Lui mêler en secret, pour éteindre sa vie,
Un acconit affreux aux vins de Campanie !
Voulez-vous réussir ? commettez des forfaits ;
Soyez digne de mort, vous aurez des succès.
L'innocence est louée et reste en l'indigence.
Ces grands qu'enorgueillit leur superbe opulence,
De tableaux précieux acquis par des vainqueurs,
De marbres, de jardins indignes possesseurs ;
A quoi, dites-le-moi, le doivent-ils ? Au crime.
Oui l'indignation plus qu'Apollon m'anime.
Et seule elle suffit pour inspirer les vers
Dont Cluvien et moi fatiguons l'univers.

DIALOGUE.

DAMIS.

Bonjour, Cléon; je suis enchanté de vous voir.
Mais d'où vous peut, mon cher, venir un air si noir?
Seriez-vous donc forcé par quelques lois nouvelles
A fréquenter le monde, à courtiser les belles?

CLÉON.

Vous riez; je ne puis craindre un pareil destin;
Mais le monde en effet a causé mon chagrin.
Entraîné par Dorante au cercle de Zelmire,
J'en reviens attristé plus que je ne peux dire;
Il faut bien s'ennuyer parmi tant d'ennuyeux.
Leur bêtise est de même un mal contagieux;
Et je n'avais été si bête de ma vie.

DAMIS.

C'est que vous voyez tout avec misantropie.
Si de vous le beau monde était plus fréquenté,
Si vous vous façonniez à la société;

Vous seriez moins frondeur de ce qui la compose;
Et vous-même y pourriez passer pour quelque chose.

CLÉON.

Quels en sont les moyens ? Moi je n'en connais qu'un,
De faire un prompt divorce avec le sens commun.
En effet qui sont-ils ceux qu'elle porte aux nues,
Et qui sur tous les fronts lisent leurs bienvenues ?
C'est d'abord un Damon, cet être merveilleux
Pour qui juge de tout seulement par les yeux.
Car, il faut l'avouer, sa tournure est jolie,
Son sourire charmant; sa physionomie
Promet beaucoup d'esprit et séduit les regards.
Mais pourquoi du discours tente-t-il les hasards ?
S'il savait constamment se vouer au silence,
On n'aurait nul soupçon de son impertinence.
Disons-le, pour finir son portrait d'un seul mot,
Si Damon est gentil il est encor plus sot.
Sans avoir avec lui rien qui soit analogue,
Le pétillant Hormon obtient aussi la vogue.
Rien n'égale sa langue, en son rapide essor;
Il parle, puis il parle, et puis il parle encor.
Il poursuit les bons mots, et par fois en rencontre,
Comme un mauvais archer, à l'endroit qu'on lui montre;

De cent flèches qu'il tire une fois peut frapper.
Craignant que son esprit n'aille nous échapper,
S'il croit avoir bien dit, Hormon par un sourire
S'applaudissant lui-même, avertit qu'on l'admire;
Et, pour montrer leur goût, tous les gens du bon ton
Approuvent par des ris notre homme à l'unisson.
Tant est grand le pouvoir d'un hardi bavardage!
Tout l'art d'Hormon consiste à se faire un langage,
Où plus de mille mots expriment ce qu'en cent,
A parler sans apprêt, l'on eût dit aisément.
Si le sort eût permis qu'il fût ce qu'il croit être,
D'un accord unanime il faudrait reconnaître
Que, dans tous les climats qu'échauffe le soleil,
On chercherait en vain pour trouver son pareil;
Mais étant ce qu'il est, avouons au contraire
Que sa raison est nulle et son esprit vulgaire.
Parlerai-je d'Osmin, d'Alcipe, de Phanor,
De Tersandre, d'Orgon, de tant d'autres encor,
Qui n'ont pas de droit sens un grain dans la cervelle ?...

DAMIS.

Ah! plutôt réprimez cette ardeur criminelle,
Qui vous porte sans cesse à critiquer autrui,
Pour calmer les transports de votre propre ennui;

Ou l'on dira de vous : sur tous cherchant à mordre,
Il place son esprit sans doute au premier ordre,
Tandis qu'il reste loin au dessous du commun ;
Et s'il pense avoir droit de blâmer un chacun,
C'est que n'ayant point eu leur finesse en partage,
Pour être un idiot Cléon se croit un sage.

TERMÉDON *survenant.*

Au discours qui tous deux semble vous mettre en feu,
Puis-je savoir de vous quel sujet donne lieu,
Et connaître dans quoi le différent consiste ?

CLÉON *montrant Damis.*

Monsieur du genre humain se fait apologiste ;
Et c'est à son avis le comble des erreurs
Que de ne pas trouver d'indicibles douceurs
Dans les sociétés, aux beaux jours où nous sommes.

DAMIS *montrant Cléon.*

Monsieur n'approuve rien, non rien parmi les hommes.
Il les hait, veut les fuir, et, comme un vrai hibou,
A jamais vivre seul confiné dans un trou.

TERMÉDON.

Tous les deux, je le vois, vous tombez dans l'extrême ;
Tandis que du bonheur l'on résout le problême,

En fixant tous ses pas dans un juste milieu.
Horace en ses écrits nous en dicte l'aveu :
Il est un heureux terme et des bornes certaines,
En deçà, par delà sont les erreurs humaines.
Pour moi, si l'on m'en croit, dans la société
On doit aller par fois sans contrariété,
Mais aussi sans ennui pouvoir vivre loin d'elle.
Du reste aux goûts divers n'intentons point querelle ;
Car, puisque tout est vain sous l'empire du temps,
En eux-mêmes les goûts sont tous indifférens.

ÉPISODE

DU COMTE UGOLIN.

Conduit par Virgile, le Dante est parvenu au plus profond des cercles infernaux. C'est au sein de cet abîme, où les damnés sont enchaînés par la glace, qu'il rencontre le comte Ugolin et Roger, Archevêque de Pise.

Ensuite j'aperçois dans un tombeau glacé
Deux réprouvés, dont l'un près de l'autre placé
Lui domine la tête, et, d'une dent sanglante,
En dévore à jamais la moëlle renaissante;
Avec non moins d'ardeur que pressé par la faim
Un voyageur saisit et déchire le pain.
Tel autrefois Tydée, en sa rage profane, (*)
Rongeait de Menalippe et la tempe et le crâne.

(*) Minerve irritée de cette action féroce abandonna Tydée et le laissa périr.

O toi qui fais paraître, à des signes affreux,
Ta haîne sans pitié contre ce malheureux,
M'écriai-je, dis-moi le motif de ta rage.
Si sur lui justement tu venges un outrage,
Quand tu m'auras appris vos noms et ses forfaits
Pour toi chez les humains brilleront mes bienfaits,
Si sans perdre la voix je rentre dans le monde.
De l'effroyable mêts tirant sa bouche immonde,
Le réprouvé l'essuie aux cheveux frémissans
De la tête saignante où se plongeaient ses dents;
Et commence en ces mots: Tu veux que je rappelle
Les motifs douloureux de ma haine éternelle;
Seulement y penser me déchire le cœur.
Mais puisque mon discours de l'abîme vainqueur
Sur ce monstre exécrable épandra l'infamie;
Ma voix va retentir à mes larmes unie.
Je ne te connais pas, et j'ignore quel sort
Vivant te laisse voir l'empire de la mort;
Mais je juge, à l'accent qui règne en ton langage,
Qu'aux remparts florentins s'écoula ton jeune âge.
Reconnais donc en lui l'archevêque Roger;
En moi, cet Ugolin qu'il a fait égorger.
Ecoute maintenant le récit de son crime:
Te dire qu'abusant ma confiante estime,

Il me donna des fers, ensuite le trépas,
C'est ce que l'univers déjà n'ignore pas;
Mais toi, sois le premier qui puisse enfin connaître
Les horreurs de la mort où me plongea ce traître;
Et pense si je dois l'abhorrer sans retour.
Par l'avare lucarne ouverte dans ma tour,
(Depuis on la nomma la tour de la Famine,
Et peut-être à quelqu'autre encore on la destine.)
A mes yeux plusieurs fois la lune avait brillé,
Quand, par un songe affreux mon regard dessillé,
De mon triste avenir pénétra le nuage.
Je voyais ce Roger qui, brillant d'entourage,
Ardent, chassait un loup avec ses louveteaux,
Dans les bois qui de Pise ombragent les coteaux;
Et trois autres seigneurs, suivis de chiens dociles,
Gardaient les débouchés de ces sombres asiles:
Bientôt il me paraît que le père et ses fils
Succombent aux efforts de leurs fiers ennemis,
Et qu'ils sont déchirés par la meute cruelle.
Alors, me reveillant avant l'aube nouvelle,
J'entends mes quatre fils, qu'opprime mon destin,
Se plaindre en leur sommeil et demander du pain.
Ah! si tu sais pleurer tu vas verser des larmes;
Et ton cœur est d'acier s'il reste sans alarmes,

En songeant aux tourmens que présage mon cœur.
Mes enfans au sortir d'un sommeil plein d'horreur
Attendent, inquiets, le moment ordinaire
Où l'on nous vient jeter l'aliment nécessaire.
Ah qu'entends-je !... ô douleur ! ô comble des forfaits !...
La porte de la tour on la ferme à jamais.
Ni larmes, ni soupirs n'attestent ma souffrance.
Je regarde mes fils dans un morne silence.
Mais pour eux ils pleuraient. Le plus jeune de tous,
« Mon père, me dit-il, qu'as-tu donc contre nous ? »
Muet, le cœur glacé, de désespoir tranquille,
Ce jour et cette nuit je demeure immobile.
Mais lorsque le soleil a d'un nouveau rayon
A regret pénétré notre horrible prison,
De mes enfans l'aspect faible, pâle et livide
En rage convertit mon désespoir stupide :
Je me mords les deux bras. Et mes enfans soudain
Jugeant que ce transport est causé par la faim :
« Ah mon père ! oh plutôt nourris-toi de nous-mêmes !
Nous en souffrirons moins ; et dans ces maux extrêmes
Reprends, reprends la chair que nous tenons de toi. »
Alors je m'apaisai, pour calmer leur effroi.
Terre que je maudis, terre, asile des crimes,
Sous moi que n'ouvrais-tu tes plus profonds abîmes !

Gaddo tombe à mes pieds le quatrième jour :
« Je succombe.. ah mon père !.. ah pourquoi ton amour !.. »
Il expire... oh douleur, que rien ne peut dépeindre !
Mon œil, durant deux jours, voit tour-à-tour s'éteindre
Mes trois autres enfans par la faim terrassés ;
Et moi, moi malheureux, sur leurs membres glacés
Rampant en forcené, je vis trois fois l'aurore,
Et le neuvième jour les appelais encore.
Mon trépas mit enfin un terme à tant d'horreur.
Il dit ; et de nouveau, les yeux pleins de fureur,
Sous ses dents fait craquer l'affreux crâne qu'il broie,
Tel qu'un dogue affamé qui dévore sa proie.

FIN.

TABLE.

PAGES.

FIN.

www.ingramcontent.com/pod-product-compliance
Ingram Content Group UK Ltd.
Pitfield, Milton Keynes, MK11 3LW, UK
UKHW012041240726
13965UKWH00003B/959